THE BOGGIN BEGINNIN

D1440521

❋ **A Series o Scunnersome Events** ❋

BOOK the First

THE BOGGIN BEGINNIN

by **LEMONY SNICKET**

Illustratit by **Brett Helquist**
Translatit by **Thomas Clark**

First published 2021 by Itchy Coo
Itchy Coo is an imprint and trade mark of
James Francis Robertson and Matthew Fitt and used
under licence by Black & White Publishing Ltd.

Black & White Publishing Ltd
Nautical House, 104 Commercial Street, Edinburgh EH6 6NF

1 3 5 7 9 10 8 6 4 2   21 22 23 24

ISBN: 978 1 78530 352 4

Published by arrangement with HarperCollins Publishers.
First published in the USA as *The Bad Beginning*
by HarperCollins Children's Books in 1999
Text copyright © Lemony Snicket 1999
Illustrations © Brett Helquist 1999
Scots translation © Thomas Clark 2021

The right of Lemony Snicket, Brett Helquist and Thomas Clark
to be identified as the author, illustrator and translator of this
work has been asserted by them in accordance with the
Copyright, Designs and Patents Act 1998.

All rights reserved.
No part of this publication may be reproduced, stored in a
retrieval system, or transmitted in any form, or by any means,
electronic, mechanical, photocopying or otherwise, without
permission in writing from the publisher.

A CIP catalogue record for this book is available from the
British Library.

The publisher acknowledges receipt of the Scottish Government's
Scots Language Publication Grant towards this publication.

Scottish Government
Riaghaltas na h-Alba

Typeset by Iolaire, Newtonmore
Printed and bound by Clays Ltd, Elcograf S.p.A.

MIX
Paper from
responsible sources
FSC
www.fsc.org   FSC® C018072

Tae Beatrice—
darlin, dearest, deid.

CHAIPTER
Yin

If it's stories wi happy endins that ye're intae, ye'd be better aff readin a different book awthegither. See, in this book, it's no jist that there's nae happy endin, but there's no even a happy beginnin, and hairdly ony happy things inatween, forby. The reason for thon is that no mony happy things went on in the lives o the three Baudelaire bairns. Violet, Klaus and Sunny Baudelaire were richt brainy bairns, and they were gallus and gleg and bonnie and braw, but they were awfie unlucky, and jist aboot awthin that happened tae them wis teemin wi hert-scaud, mischief, and dule. I dinnae like tae tell ye aw thon, but that's jist the wey this story gangs.

Their bad luck stairtit ane day at Bracky Beach. The three Baudelaire bairns bided wi their maw and da in a muckle mansion at the hert o a thrang and grimy city, and noo and then their parents let them tak the ricklie auld tram – the wird "ricklie", ye'll mebbe ken, here means "shoogly" or "liable tae faw tae bits" – by their-sels tae the seashore, whaur they could hae a wee holiday for the day, as lang as they were hame for denner. This ae mornin it wis dreich and cloody, although that didnae fash the Baudelaire bairns wan wee bit. When it wis wairm and sunny, Bracky Beach wis aye hoachin wi tourists, and it wis a fair strauchle findin a guid spot tae plank yer towel doon. On dreich and cloody days, but, the Baudelaires had the beach aw tae themsels, and they had the run o the place.

Violet Baudelaire, the auldest, liked tae skift stanes. Like maist fowerteen-year-aulds, she wis richt-haundit, and the stanes skited faurer across the mirkie watter when she flung wi her richt haund than when she flung wi her left. As she skited the stanes, she looked oot ontae the horizon and thocht aboot an invention she wantit tae build. Onybody that kent Violet could tell she wis thinkin awfie haird, cause her lang hair wis fankled up in a ribbon tae haud it oot o her een. Violet had a richt knack for buildin and inventin aw kinds o whigmaleeries, sae her heid wis aye booncin wi notions o pulleys, levers, and gears, and she didnae want tae get distractit by onythin as glaikit as her hair. This mornin, she wis thinkin aboot how tae build hersel a wee thingmy that'd bring the stanes back efter ye'd skited them oot ontae the watter.

Klaus Baudelaire, the middle bairn, and the anely laddie, liked tae look at the wee beasties in the dubs that were left by the tide. Klaus wis a wee bit aulder than twelve and wore glesses that made him look richt brainy. Weel, he *wis* brainy. The Baudelaire parents had a muckle library in their mansion, a room stowed oot wi thoosands o books on jist aboot every subject ye could think o. He wis anely twelve, like, sae Klaus hadnae read *aw* the books in the Baudelaire library, but he'd got through a guid wheen o them, and he kept in his heid hunners and hunners o the facts that he'd read. Likesay, he kent how tae tell an alligator frae a crocodile. He kent wha pit the malky on Julius Caesar. And he kent an awfie lot aboot the slaisterie wee craiturs that ye fund at Bracky Beach, and that he wis lookin at richt noo.

Sunny Baudelaire, the youngest yin, liked tae bite things. She wis hairdly mair than a babbie, and wee even for her age, sizes mebbe wi a tackety boot. But whit she hadnae in size, she mair than makkit up for wi the muckledom and shairpness o her front fower teeth. Sunny wis at thon age whaur, hauf the time, naebody's got a scooby whit ye're tryin tae say. Except for when she used the twa-three actual words that she kent, like "bottle" or "mammy" or "bite", maist fowk couldnae mak heid nor tail o whit Sunny wis bletherin aboot. Likesay, this mornin, she wis sayin "Deek!" ower and ower again, which nae dout meant, "Haw, get a swatch at this unco gadgie comin oot frae the mist!"

And shair enough, faur awa alang the haary shore o Bracky Beach there wis a lang figure stridin taewards the Baudelaire bairns. Sunny had awready been starin and screichin at the figure for a guid while afore Klaus glisked up frae the nippie wee crab he wis lookin at and saw it as weel. He reached ower and tapped Violet on the airm, snappin her oot frae her dwaums o invention.

"Check it oot," Klaus said, pointin at the figure. It wis gettin nearer, and the bairns could mak oot the odd detail here and there. It wis aboot sizes wi an adult, except that its heid wis awfie lang and kind o square.

"Whit dae ye think it is?" Violet asked.

"I dinnae ken," Klaus said, squintin at it, "but I think it's comin richt for us."

"We're the anely yins on the beach," Violet

said, nervous-like, "There's naebody else it could be comin for." She felt the snug, snod stane in her left haund, the wan she'd been aboot tae skite as faur as she could. She had a sudden norrie tae hoy the stane straicht at the figure, that's how feart she wis.

"Ye anely think it's scary," Klaus said, like he wis readin his sister's thochts, "cause o aw the mist."

He wis richt enough, as weel. When the figure got tae them, the bairns were awfie gled tae see that it wisnae onybody frichtsome at aw, but somebody they kent weel: Mr. Poe. Mr. Poe wis a freend o Mr. and Mrs. Baudelaire, and the bairns had met him mony a time at denner pairties. Yin o the things that Violet, Klaus and Sunny liked maist aboot their parents wis that they didnae send the bairns awa upstairs when they had pals ower; they let them sit wi the adults at the denner table and jyne in wi aw the bletherin, as lang as they gied a haund wi clearin the table efter. The bairns mindit Mr. Poe weel, cause he wis ayeweys loadit wi the cauld, and wis forever gettin up frae the denner table tae hae a wee coughin fit in the next room.

Mr. Poe took aff his lum hat – it had makkit his heid look muckle and square in the mist – and stuid for a meenit, hoastin intae a white hanky. Violet and Klaus went ower tae shak his haund and ask how he wis daein.

"How ye daein?" said Violet.

"How ye daein?" said Klaus.

"Owray deen!" said Sunny.

"No bad, thanks awfie," said Mr. Poe, but he looked richt dowie. For a wee meenit naebody said onythin, and the bairns wunnered whit Mr. Poe wis daein there at Bracky Beach, when he should hae been at his bank in the city, whaur he wirked. His claes were nae guid for the beach.

"Bonnie day, eh no?" said Violet eventually, jist tae brek the silence. Sunny came oot wi some dirdum that soondit like a bird gaun radge, and Klaus heezed her up and held her in his airms.

"Aye, it's bonnie, richt enough," Mr. Poe said, govin oot at the lanely beach like he wis thinkin aboot somethin else. "Listen, I've got some awfie bad news tae tell yese."

The three Baudelaire bairns looked at him. Violent, ridd-faced, felt the stane in her left haund and wis fair gled she hadnae nailed Mr. Poe wi it.

"Yer maw and da," Mr. Poe said, "hae dee'd in a terrible fire."

The bairns didnae say onythin.

"They dee'd," Mr. Poe said, "in a fire that burnt the hale hoose doon. I'm awfie, awfie sorry tae be the wan tae tell yese this, ma wee sowels."

Violet taen her een aff Mr. Poe and stared oot intae the watter. Mr. Poe had never cawed the Baudelaire bairns "ma wee sowels" afore. She unnerstuid the wirds he wis sayin but still thocht he maun be kiddin them on, jist playin some awfie, cruel joke on her and her brither and sister.

"'Dee'd,'" Mr. Poe said, "means 'were killed'."

"We *ken* whit the wird 'dee'd' means," Klaus said, gey crabbit. He kent whit the wird "dee'd" meant, richt enough, but he still couldnae get his heid aroond whit Mr. Poe wis sayin tae them. He wis shair as shair can be that Mr. Poe maun hae got the wrang end o the stick, somewey.

"The fire engines were there, ken," Mr. Poe said, "but it wis ower late. The hale hoose went up in flames. It burnt richt doon tae the grund."

Klaus thocht o aw the books in the library, gaun up in flames. Noo he'd never get tae read them aw.

Mr. Poe hoastit anither twa-three times intae his hanky afore keepin on gaun. "I've been sent tae get yese and bring yese back tae ma hoose. Ye'll stey wi us for a wee bittie while we wirk oot whit's whit. I'm the executor o yer parents' estate. That means I'll be in chairge o aw the money yer maw and da left ye, and wirkin oot whaur youse bairns are gonnae bide. Wance Violet's auld enough, the siller will be yours tae dae whit ye like wi, but the bank will look efter it until then."

Although he said he wis the executor, Violet felt as if Mr. Poe wis the executioner. Here he'd jist daundered doon the beach tae them, quite the thing, and chynged their lives forever.

"C'mon then," Mr. Poe said, and held oot his haund. Tae tak Mr. Poe's haund, Violet had tae let gang o the stane she wis haudin. Klaus took Violet's ither haund, and Sunny took Klaus's ither haund, and jist like that the three Baudelaire bairns – the Baudelaire orphans, noo – were led awa frae the Bracky Beach and the lives they'd used tae live.

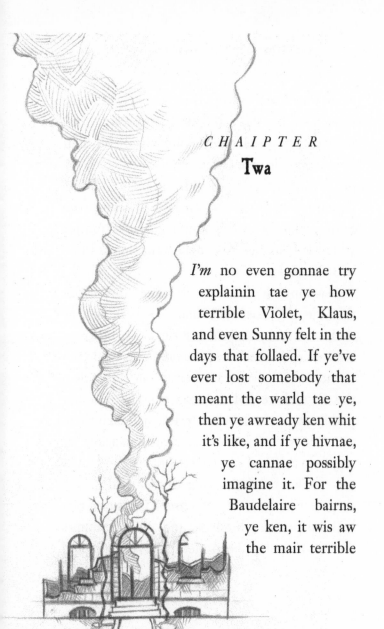

CHAIPTER
Twa

I'm no even gonnae try
explainin tae ye how
terrible Violet, Klaus,
and even Sunny felt in the
days that follaed. If ye've
ever lost somebody that
meant the warld tae ye,
then ye awready ken whit
it's like, and if ye hivnae,
ye cannae possibly
imagine it. For the
Baudelaire bairns,
ye ken, it wis aw
the mair terrible

cause they had lost baith their parents at the ane time, and for days and days efterwards they were that heart-sair they could hairdly lift their heids aff their beds. Klaus realised he couldnae be bothered wi books. The gears in Violet's ingenious brain grund tae a halt. And even Sunny, wha wis ower young tae unnerstaun jist whit wis gaun on, wis anely bitin things in an hauf-hertit kind o wey.

O coorse, it didnae mak things ony easier that they had lost their hame as weel, and aw their stuff forby. As ye'll ken yersel, tae be in yer ain room, in yer ain bed, can aften mak a dreich situation look a wee bit better, but the beds o the Baudelaire bairns were naethin noo but guddles o burnt debris. Mr. Poe had taen them tae whit wis left o the Baudelaire mansion tae see if onythin had survived the flames, and it wis jist awfie: Violet's microscope had fused thegither in the heat o the fire, Klaus's best pen had burnt tae shinders, and aw o Sunny's teethin-rings had been meltit. Hereaboots and thereaboots, the bairns could see inklins o the muckle hame they had luved: bitties aff their grand pianae, a fantoosh bottle Mr. Baudelaire used tae keep his brandy in, the scaudered cushion aff the windae-seat whaur their mither had liked tae sit and read.

Their hame in ruins, the Baudelaires had tae recover frae their terrible loss in Mr. Poe's hoose, and that wis naebody's idea o a guid time. Mr. Poe wis hairdly ever at hame, cause he wis ower thrang wi sortin oot the Baudelaire affairs, and when he wis at hame he wis aye hoastin that much that it wis a sair fecht gettin a sensible wird oot o him. Mrs. Poe bocht some claes for the orphans, but the colours were absolutely mingin, and they were itchy as onythin. And the twa Poe bairns – Edgar and Albert – were coorse, fykie laddies that the Baudelaires had tae share a tottie wee room wi, a room that reeked o some kind o pure honkin flooer forby.

But for aw o that, the bairns were on nettles when, ower a dour denner o biled chicken, biled tatties, and blanched – the wird "blanched" here means "biled" – string beans, Mr. Poe telt them they'd be flittin awa frae his hoose the verra next mornin.

"Guid," said Albert, wi a muckle daud o tattie stuck atween his teeth. "Noo we can get oor room back. I'm fed-up o sharin. Klaus and Violet's faces are aye trippin them, and they've got aboot as much banter as a peanut."

"And thon babbie bites," Edgar said, hoyin a chicken bane ontae the flair as if he wis an animal in a zoo and no the laddie o a weel-respectit memmer o the bankin community.

"Whaur are we awa tae?" Violet asked nervously.

Mr. Poe opened his mooth tae say somethin, then burst intae a wee fit o hoastin. "It's aw sortit," he said eventually, "Yese are awa tae stey wi a distant relative o yours that bides on the ither side o toon. Coont Olaf, he's cawed."

Violet, Klaus, and Sunny aw looked at each ither, no shair whit tae think. On the wan haund, they didnae want tae bide wi the Poes ony mair. On the ither haund, they'd never even heard o this Coont Olaf punter, and hadnae a scooby whit he'd be like.

"In yer parents' will," Mr. Poe tellt them, "it says ye've tae be reared in whitever wey is easiest for yese. If yese stey in the city, ye'll at least be used tae the wey o things here, and this Coont Olaf is yer anely relative that bides onywhaur in this cooncil area."

Klaus thocht ower this for a meenit as he swallaed a teuchit daud o bean. "But oor maw and da never even said onythin aboot this Coont Olaf tae us. How's he meant tae be relatit tae us, like?"

Mr. Poe siched and looked doon at Sunny, wha wis bitin doon on a fork and listenin, aw lugs. "He's either yer third cousin fower times ower, or yer fowert cousin three times ower. I'm no sayin he's yer nearest relative on the faimily tree, but he's the nearest as the craw flees. That's how—"

"If he bides here in the city," Violet said, "how

come oor maw and da never asked him ower for his denner?"

"Mebbe cause he wis aye that thrang," Mr. Poe said, "He's an actor, ye ken, and he's ayeweys dottin aff roond the warld wi yin theatre company or anither."

"I thocht he wis a coont," Klaus said.

"Ye can be a coont *and* an actor, ye ken," Mr. Poe said. "Noo, I'm no wantin tae hurry yese, but youse bairns will need tae pack yer things up ready for the morra, and I've got tae get back tae the bank tae dae ma wirk. Coont Olaf isnae the anely yin that's up tae his oxters the noo."

The three Baudelaire bairns had loads mair questions for Mr. Poe, but he wis awready up on his feet, and wi a wee wave o his haund he daundered oot the room. They heard him hoastin intae his hanky, and then the front door creaked as he left the hoose.

"Weel," said Mrs. Poe, "youse three had better get yer stuff sortit, then. Edgar, Albert, gie's a haund wi clearin the table."

The Baudelaire bairns went up tae the bedroom and dowily packed whit wee bit stuff they had. Klaus shot a dirty look at every uggsome sark Mrs. Poe had bocht him as he fauldit them awa and pit them in his suitcase. Violet took a wee deek aroond the scrimpit, reekin room that they'd aw been bidin in. And Sunny crawled aroond wi a thochtie look on her face, bitin aw o Edgar and Albert's shoes, and leavin wee teeth mairks in every wan sae that they'd aye mind o her. Noo and again, the Baudelaire bairns aw looked at each ither, but wi everythin up in the air, they jist couldnae think o onythin tae say. At bedtime, they tossed and turned aw nicht, hairdly gettin a wink o sleep atween Edgar and Albert's dinsome snorin and their ain fleggit thochts. Eventually, Mr. Poe chapped the door and stuck his heid intae the bedroom.

"Up yese get, Baudelaires," he said. "That's youse awa tae Coont Olaf's, noo."

Violet glenced aroond the stowed-oot

bedroom, and even though she could see the hale place faur enough, she felt awfie nervous aboot gaun somewhaur else. "Dae we hiv tae gang richt this meenit?" she asked.

Mr. Poe opened his mooth tae say somethin, but he'd tae hoast a wheen o times afore he could get stairtit. "Aye, ye dae. I'm drappin yese aff on ma wey tae the bank, sae we need tae stairt makkin tracks. C'mon, up oot o bed and get yer claes on," he said, richt birkie. The wird "birkie" here means "quickly, sae as tae get the Baudelaire bairns oot the hoose, pronto."

The Baudelaire bairns got oot the hoose, pronto. Mr. Poe's motor whammelt alang the causey-stane streets o the city oot tae the scheme whaur Coont Olaf bided. They went past the horse-drawn cairriages and motorbikes on Dulesome Drive. They went past the Flichtersome Foontain, a fancy, cairved moniment that every noo and then slittered oot watter for wee bairns tae play in. They went past a muckle bing o clart whaur the Royal

Gairdens had used tae be. Afore awfie lang, Mr. Poe drove his motor doon a wee vennel lined wi hooses biggit o fauchie brick, and pulled up haufwey doon the street.

"This is us," Mr. Poe said in a vyce that wis meant tae soond aw cheery. "Yer new hame."

The Baudelaire bairns looked oot and saw the bonniest hoose in the hale row. The bricks had been weel dichtit, and through the wide and open windaes ye could see a mixter-maxter o weel-keepit plants. Staunin in the doorwey, wi her haund on the shiny bress door-haundle, wis an aulder wumman in her fanciest claes, wha wis beamin at the bairns. In yin haund she wis haudin a flooerpot.

"Weel, hullo there!" she cried oot. "Youse must be the bairns that Coont Olaf is takkin in."

Violet opened the door o the car and got oot tae shak the wumman's haund. It wis siccar and wairm, and for the first time in a lang while Violet felt as if the lives o her siblins micht turn oot no bad efter aw. "Aye," she said. "That's us.

I'm Violet Baudelaire, and this is ma brither Klaus and ma sister Sunny. And this is Mr. Poe, wha's been sortin things oot for us syne oor parents dee'd."

"Aye, I heard aboot thon accident," the wumman telt them, as awbody said 'hullo' tae each ither. "I'm Judge Strauss."

"Thon's a belter o a first name," Klaus said.

"It's no ma first name," she tellt him, "It's ma job title. I'm a judge up at the High Coort."

"Thon's awfie interestin," Violet said. "And are ye mairrit tae Coont Olaf?"

"Aye, that'll be richt!" Judge Strauss said. "I hairdly ken the mannie at aw. He's ma next-door neebor."

The bairns looked frae the weel-dichtit hoose o Judge Strauss tae the ricklie wan next door tae it. The bricks were smitit wi soot and grime. There wis anely the twa wee windaes, baith shut and wi the curtains drawn, even though it wis a bonnie day. Tovin up ower the windaes wis a lang and brouky touer that wis slantit ower tae the left. The front door wis needin a lick o pent, and cairved slap-bang in the middle o it wis an etchin o an ee. The hale buildin wis squinty, saggin tae wan side like a cruikit tooth.

"Och!" said Sunny, and awbody kent whit she meant. She meant, "Whit an absolute cowp! Ye'll no catch me deid bidin in there!"

"Weel, it wis awfie nice tae meet ye," Violet said tae Judge Strauss.

"Aye," said Judge Strauss, wavin her flooerpot. "Mebbe wan day yese could come ower and gie's a haund wi the gairden, eh?"

"That wid be awfie braw," Violet said, richt dowie. O coorse, it wid be awfie braw tae help Judge Strauss wi her gairden, but Violet couldnae help thinkin that it wid be even mair braw jist tae stey in Judge Strauss's hoose, insteid o Coont Olaf's. Whit kind o bampot, Violet wunnered, cairves an image o an ee intae his ain front door?

Mr. Poe tipped his bunnet tae Judge Strauss, wha smiled at the bairns and daundered aff intae her bonnie hoose. Klaus stepped forrit and chapped on Coont Olaf's door, his knuckles knappin richt in the middle o the cairved ee. There wis a pause, and then the door creaked open and the bairns, for the verra first time, got a swatch at Coont Olaf.

"Hullo hullo hullo," Coont Olaf said, in a wheezlin whisper. He wis awfie tall and awfie skinny, and he had on a grey suit wi mirkie stains aw ower it. His face wis birslin wi hair, and raither than haein twa ee-broos, like maist human fowk, he'd jist the wan lang yin. His een were awfie, awfie shiny, and it made him look radge and stairvin aw at wance. "Hullo, ma bairns. Welcome tae yer new hame, and mind and gie yer feet a dicht sae ye're no draggin in ony cley."

As they stepped intae the hoose, Mr. Poe comin richt ahint them, the Baudelaire orphans realised whit a glaikit thing Coont Olaf had jist telt them. The room they were staunin in wis the mankiest they'd ever seen, and a wee bit cley frae ootside wid hae makkit nae odds at aw. Even by the mirkie licht o the yin bare lichtbulb that hung frae the ceilin, the three bairns could see that awthin in the room wis absolutely clattie, frae the stuffed heid o a lion that wis nailed tae the waw tae the bowl o aipple cores that sat on a wee widden table. Klaus tried no tae greet as he looked aw aroond.

"This room could dae wi a bit o a dicht," Mr. Poe said, peerin aboot in the gloom.

"Och, I ken ma wee hame isnae as fantoosh as the Baudelaire mansion," Coont Olaf said, "but wi some o thon siller o theirs we could mebbe dae it up a tait, eh."

Mr. Poe's een went wide as saucers, and his hoasts echoed roond the dairk room afore he said onythin. "The Baudelaire fortune," he said rochly, "is no for spendin on sic flumgummerie. Fact, it's no for spendin at aw, until Violet is auld enough tae spend it hersel."

Coont Olaf turnt tae Mr. Poe wi a glent in his een like a radge dug. For a meenit, Violet thocht he wis gonnae skelp Mr. Poe richt in the gub. But then he gulped – the bairns could see his Adam's aipple joogle in his shilpit thrapple – and shrugged his patchy shooders.

"Aye, whitever," he said, "It's aw eeksie-peeksie tae me, like. Thanks awfie, Mr. Poe, for bringin them ower. Bairns, c'mon and I'll show yese tae yer room."

"Cheery-bye, Violet, Klaus and Sunny," Mr. Poe said, steppin back through the front door. "I'm shair yese will hae an absolutely stoatin time here. I'll drap in on yese every wance in a while, and yese can aye get haud o me at the bank if yese are needin onythin."

"But we dinnae even ken whaur the bank is," Klaus said.

"Nae wirries, I've got a map o the city," Coont Olaf said, "See ye efter, Mr. Poe."

He leaned forrit tae sneck the door, and the Baudelaire orphans were that forfechten they didnae even think tae get a last deek at Mr. Poe. Aw they wished noo wis that they could jist stey at Mr. Poe's hoose, even though it wis pure honkin. Raither than lookin at the door, then, the orphans glenced doon, and saw that even though Coont Olaf wis weirin shoes, he hadnae ony socks on. They could see, in the patch o peely-wally skin atween his tattered trooser leg and his black shoe, that Coont Olaf had a pictur o an ee tattooed ontae his ankle, exactly like the yin on the front door. They wunnered how mony ither een there were in Coont Olaf's hoose, and whether, for the rest o their lives, they wid ayeweys feel as if Coont Olaf wis watchin them, even when he wis naewhaur tae be seen.

I dinnae ken if ye've ever noticed this yersel, but hauf the time yer first impressions aboot things are totally, totally wrang. Likesay, ye'll mebbe get a swatch at a pentin and no think awfie muckle o it at aw, but efter ye staun there lookin at it for a bittie ye end up quite likin it. Or the first time ye get a bite o Gorgonzola cheese ye micht think it's awfie strang, but then wance ye're aulder ye could eat Gorgonzola cheese tae a band playin. When Sunny wis born, Klaus jist couldnae be daein wi her, but by the time she wis six weeks auld the twa o them were as palsy-walsy as could be. Ye can wind up chyngin yer mind aboot onythin, if ye jist gie it a chance.

I wish I could tell ye that the Baudelaires' first impressions aboot Coont Olaf and his hoose were flat-oot wrang, like first impressions aften turn oot tae be. But thon impressions – that Coont Olaf wis a first-class bampot and his hoose a depressin pigsty – were richt on the money. Durin the first few days efter the orphans came tae Coont Olaf's, Violet, Klaus, and Sunny did their best tae feel as if they were richt at hame, but they micht as weel no hae bathered. Even though Coont Olaf's hoose wis kind o muckle, the three bairns were aw stuck thegither in wan clattie bedroom that anely had wan tottie wee bed in it. Violet and Klaus took shots each sleepin in it, sae that every ither nicht wan o them wis in the bed and the ither wis sleepin on the haird widden flair, but the bed's mattress wis that lumpy that ye couldnae say whether it wis the bed or the flair that wis least comfy. Tae mak a bed for Sunny, Violet took doon the stoorie curtains fae the curtain rod that hung ower the bedroom's anely windae and bawed them aw up tae mak a kind o cushion, jist muckle enough for her sister. But then, wi nae curtains up ower the hauf-panned gless, the sun came teemin in through the windae every mornin, sae that the bairns got woke up at the crack o dawn every day, sair fae heid tae fit. Insteid o a wardrobe, there wis a muckle cairdboard box that wance had a fridge in it, and noo had in it the three bairns' claes, aw piled up in a guddle. Insteid o toys, or books, or ither things tae keep the bairns occupied, Coont Olaf had left them oot a wee cairnie o stanes. And the anely decoration on the tattered waws wis a muckle, mingin pentin o an ee, jist like the wan on Coont Olaf's ankle and everywhaur else in the hoose.

But the bairns kent weel, as I'm shair ye dae yersel, that ye can pit up wi jist aboot onythin,

even the clattiest midden in the hale warld, if
the fowk ye're there wi are cannie and blythe.
Coont Olaf, but, wisnae cannie or blythe; he wis
grippie, and crabbit, and honked tae high
heiven. Fact, the best thing the bairns could say
aboot Coont Olaf wis that they hairdly ever saw
him. Wance the bairns woke up and howked
their claes oot o the fridge box, they'd daunder
intae the kitchen and find a list o instructions
left for them by Coont Olaf, wha like as no
widnae pit in an appearance until nicht-time.
Maist o the day he spent oot the hoose, or up in
the high touer, whaur the bairns were telt never
tae gang. The instructions he left for them were
maistly jobs o wirk, likesay giein the deckin oot
the back a lick o pent or sortin up the windaes,
and insteid o a signature Coont Olaf wid draw
an ee at the bottom o the note.

Yin mornin his note read, "Ma theatre pals
are comin roond for denner afore the nicht's
performance. When we get there at seeven
o'clock, I want denner for ten aw ready and

waitin. Buy some scran, stick it in the oven, set the table, pit the denner oot, clean up efter us, and stey oot oor road." At the bottom o aw thon wis the usual ee, and unnerneath the note wis a couple o bawbees for the messages.

Violet and Klaus read the note while they chowed their brekfast, a daud o grim, gray parritch Coont Olaf left oot for them every mornin in a muckle pot on the oven. Then their faces drapped as they looked at each ither.

"But nane o us kens how tae cook," Klaus said.

"Ye're richt," Violet said. "I kent how tae sort thae windaes, and how tae sweep the lum, cause they're the kind o things I'm interestit in onywey. But I hivnae a scooby how tae cook onythin forby toast."

"And even then ye burn the toast hauf o the time," Klaus said, and they smiled. They were baith mindin o the time when the twa o them got up first thing tae mak brekfast special for their maw and da. Violet had burnt the toast, and their maw and da, smellin smoke, had breenged doonstairs tae see whit wis gaun on. When they saw Violet and Klaus lookin aw forfechten at some bitties o coal-black toast, they laughed and laughed, and then made pancakes for the hale faimily.

"I wish they were here," Violet said. She didnae hiv tae say that she meant their maw and da. "They'd never hae left us tae bide in this awfie place."

"If they were here," Klaus said, his vyce gettin looder as he got mair and mair wirked up, "we'd no be here wi Coont Olaf in the first place. I *hate* it here, Violet! I *hate* this hoose! I *hate* oor room! I *hate* hivvin tae dae aw these jobs, and I *hate* Coont Olaf!"

"I hate it as weel," Violet said, and Klaus looked at his aulder sister in relief. Sometimes jist sayin that ye hate somethin, and haein somebody else say they hate it an aw, can mak a scunnersome situation feel jist that wee bit better. "I hate every last thing aboot oor lives richt noo, Klaus," she said, "but we've got tae keep oor heids up." This wis a sayin the bairns' faither had used, and it meant "try tae stey cheerisome".

"Ye're richt," Klaus said, "But it's no easy tae keep yer heid up when Coont Olaf's richt in there, dingin it back doon again."

"Jook!" Sunny skirled, dunderin on the table wi her parritch spoon. Violet and Klaus brak aff fae their blether and took anither swatch at Coont Olaf's note.

"Mebbes we can find a cookbook, and read aboot how tae cook," Klaus said. "Ye widnae think it'd be that haird tae come up wi somethin basic."

Violet and Klaus spent a wee while-o rakin through Coont Olaf's kitchen cupboards, but there wisnae a single cookbook tae be seen.

"We cannae act aw surprised," Violet said. "I hivnae seen *ony* books in this hoose since we got here."

"I ken," Klaus said, aw dowie. "I miss readin

awfie, awfie muckle. We'll need tae gang oot and look for a library soon."

"No the day, but," Violet said. "The day, we've tae cook for ten fowk."

Jist at that, there wis a chap at the front door. Violet and Klaus looked at each ither, aw nervous.

"Whit kind o haufwit wid want tae see Coont Olaf?" Violet thocht oot lood.

"Mebbe it's somebody that's wantin tae see *us*," Klaus said, though he didnae really believe it. Ever syne the Baudelaire parents had dee'd, maist o the Baudelaire orphans' freends seemed tae hae drapped aff the face o the Earth, an expression which here means "they stapped phonin, scrievin, or stappin by tae see ony o the Baudelaires, makkin them feel awfie lanely." You and me, likesay, we'd never dae onythin like thon tae ony o oor pals when they were grievin, but it's jist a sad fact aboot life that whenever somebody losses a luved yin, their freends will sometimes bend ower backwards tae keep awa frae them, jist at the time when freends are needit maist in aw the warld.

Violet, Klaus and Sunny traipsed oot tae the front door and had a wee keek through the peephole, which wis in the shape o an ee. They were that gled tae see Judge Strauss keekin back at them, and they opened the door.

"Judge Strauss!" Violet cried. "Whit braw tae see ye!" She wis aboot tae say, "C'mon in!", but then she realised that Judge Strauss probably widnae be up for comin intae thon mirkie, mauckit room.

"I'm richt sorry I hivnae came by afore noo," Judge Strauss said, as the Baudelaires stuid there black-affrontit in the doorwey. "I wantit tae see how youse bairns were settlin in, but I'd an awfie fanklie case up at the High Coort that wis takkin up aw ma time."

"Whit kind o case wis it?" Klaus asked. It wis that lang since he'd read onythin, he wis fawin ower himsel for some fresh kennins.

"I'm no really able tae talk aboot it," Judge

Strauss said, "cause it's official business, ken. But whit it biles doon tae, richt, is a poisonous plant and a pauchled credit caird."

"Jings!" Sunny skirled, which seemed tae mean "Ye're kiddin me!" though o coorse there's nae wey Sunny could hae kent whit they were bletherin aboot.

Judge Strauss looked doon at Sunny and laughed. "Aye, *jings* richt enough!" she said, and reached doon tae pat the bairn on the heid. Sunny took Judge Strauss's haund and bit it saftly.

"That means she likes ye," Violet telt her. "She bites awfie, awfie haird if she disnae like ye, or if ye're tryin tae gie her a bath."

"Is that richt?" Judge Strauss said. "Noo then, how are youse bairns gettin alang? Is there onythin ye're needin?"

The bairns looked at each ither, thinkin aboot aw the things they were needin. Anither bed, likesay. A guid cot for Sunny. Curtains for the windae in their room. A wardrobe insteid o a cairdboard box. But whit they needit maist o aw, ye ken, wis never tae hae onythin tae dae wi Coont Olaf ever again. Whit they needit mair than onythin wis tae be wi their maw and da again, in their ain hame, but that, o coorse, wis a thing that wis ayont aw daein. Violet, Klaus and Sunny aw looked doon at the flair dulesomely as they thocht aboot the question. Finally, Klaus spoke.

"Could we mebbe get a wee len o a cookbook aff ye?" he said. "Coont Olaf telt us tae mak denner for his pals fae the theatre the nicht, and we cannae find a cookbook in the hale hoose."

"Michty me," Judge Strauss said. "Cookin denner for a hale theatre troupe seems like an awfie muckle job for jist three wee bairns."

"Coont Olaf trusts us tae dae a guid wheen o things," Violet said. Whit she really wantit tae say wis, "Coont Olaf is an absolute radge," but she wis ower polite.

"Weel, how's aboot yese come next door tae ma hoose," Judge Strauss said, "and find yersels a cookbook yese can use?"

The bairns were richt up for that, sae they follaed Judge Strauss oot the door and awa ower tae her bonnie, braw hoose. She took them through an awfie fancy lobby scentit wi flooers intae a muckle great room, and when they seen whit wis inside, their heids were near enough birlin wi happiness, Klaus maist o aw.

The room wis a library. No a public library, like, but a private yin; a muckle mixter-maxter o books aw belangin tae Judge Strauss, I mean. There wis shelves and shelves o them, on every waw fae flair tae ceilin, and mair shelves and shelves o them in the middle o the room. The anely bit whaur there wisnae ony books wis this wan wee neuk, whaur there wis some muckle, comfy-lookin chairs and a widden table wi lamps hingin ower them, jist barrie for readin. Though it wisnae quite sae muckle as their parents' library, it wis jist as cosy, and the Baudelaire bairns were fair-trickit wi it.

"Ya beauty!" Violet said. "Whit a belter o a library!"

"Och, thanks awfie," Judge Strauss said. "I've been pickin up books hereaboots and thereaboots for years, and I'm gey prood o ma wee collection. As lang as yese tak guid tent o them, yese can hae a swatch at ony o ma books, ony time yese like. Noo, the cookbooks are ower here on the eastern waw. Will we gang hae a wee deek at them?"

"Aye," Violet said, "and then, if it's awricht wi yersel, I'd luve tae get a look at ony o yer books that are tae dae wi mechanical engineerin. I'm pure intae inventin things, me."

"And I'm wantin a keek at ony books ye've got aboot wolves," Klaus said, "I'm aw aboot ma wild animals fae North America the noo."

"Book!" Sunny skirled, which meant "Mind and get a picture book for me."

Judge Strauss smiled. "It's smashin tae see some young fowk that are richt keen on books," she said. "But first o aw, we'd better find yese a guid recipe, eh no?"

The bairns said aye, and for hauf an oor they

had a rake through aw the cookbooks that Judge Strauss picked oot for them. Bein honest wi ye, the three orphans were that excitit tae be oot o Coont Olaf's hoose, and in this bonnie library, that they were kind o awa wi the fairies and couldnae really focus on the hale cookin thing. But finally Klaus came up wi a recipe that soondit stoatin, and easy enough tae mak.

"Here's wan," he said. "'Puttanesca.' It's an Italian sauce for pasta. Aw we need tae dae is fry some olives, capers, anchovies, garlic, chopped parsley, and tomataes thegither aw in wan pot, and then dae up some spaghetti tae gang wi it."

"Soonds easy enough, eh?" Violet agreed, and the Baudelaire bairns looked at each ither. Mebbe, wi couthie Judge Strauss and her library richt next door, the children could redd up bonnie wee lives for theirsels jist as easy as makkin puttanesca sauce for Coont Olaf.

CHAIPTER
Four

The Baudelaire orphans copied oot the putta-
nesca recipe fae the cookbook ontae a bit o scrap
paper, and then Judge Strauss wis
guid enough tae tak them alang
tae the mairket tae dae the
messages. Coont Olaf hadnae
left them an awfie lot o
money, but the bairns were
able tae buy aw the things
they needit. Fae a street
booth, they bocht some
olives efter tastin loads o
different yins and pickin

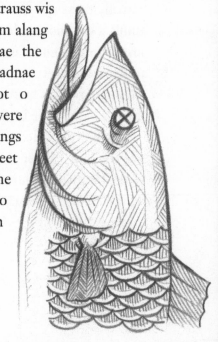

oot their favourites. At a pasta shop they picked oot some noodles in aw kinds o fantoosh shapes, and they asked the wumman rinnin the shop how much they'd need for thirteen fowk – the ten fowk Coont Olaf had telt them aboot, plus the three o them. Then, at the supermairket, they bocht some garlic, which is a roondish plant wi a shairp taste; anchovies, which are salty wee fish; capers, which are flooer buds aff a wee shrub and taste amazin; and tomataes, which are actually fruits and no vegetables, like maist fowk think. They thocht it'd be jist the thing tae serve up some puddin as weel, sae they bocht a few packets o dessert mix. Mebbes, they thocht, if they made a pure brammer o a meal, Coont Olaf micht be jist a wee bittie kinder tae them.

"Thank ye awfie, awfie muckle for helpin us oot the day," Violet said, as she and her siblins walked hame wi Judge Strauss. "I dinnae ken whit we'd hae duin withoot ye."

"Yese seem like richt cannie fowk tae me," Judge Strauss said. "I'm shair yese wid hae came up wi somethin. But still, it disnae seem richt tae me that Coont Olaf has asked yese tae come up wi sic a muckle meal. Weel, here we're hame. I'll need tae gang ben the hoose and pit ma ain messages awa. I howp youse bairns will come ower soon and get a len o some books oot ma library."

"The morra?" Klaus said, straicht awa. "How's aboot the morra?"

"The morra wirks for me," Judge Strauss said, smilin.

"I cannae tell ye how grateful we are," Violet said, tentily. Wi their kind parents deid and Coont Olaf treatin them like hired haunds, the three bairns wirnae used tae grown-ups bein nice tae them, and they wirnae shair if they were meant tae dae somethin in return. "The morra, afore we use yer library again, me and Klaus will be mair than happy tae dae some jobs aboot the hoose for ye. Sunny's no really auld enough tae wirk, but I'm shair we can find a wey she can mak hersel useful."

Judge Strauss smiled at the three bairns, but

her een were dowie. She reached oot a haund and pit it on Violet's hair, and Violet felt safer than she had in a guid wee while. "Dinnae fash yersels aboot ony o that," Judge Strauss said. "Ye're aye welcome in ma hame." Then she turned and went intae her hame, and efter starin efter her for a meenit, the Baudelaire orphans went intae theirs.

For maist o the efternuin, Violet, Klaus, and Sunny cooked the puttanesca sauce accordin tae the recipe. Violet roastit the garlic and washed and chopped the anchovies. Klaus peeled the tomataes and took the pits oot the olives. Sunny dundert on a pot wi a widden spoon, singin a wee sang she had come up wi ower and ower again. And aw three o the bairns felt a wee bit less dulesome than they had syne they'd came tae Coont Olaf's. It's a calmin smell, is scran in the oven, and the kitchen got aw cosy as the sauce sottered, a cookin term which here means "cooked ower a low heat". The three orphans blethered awa aboot their bonniest memories o their parents and aboot Judge Strauss, wha they aw agreed wis a smashin neebour and in whase library they were plannin tae spend a guid deal o time. As they blethered, they mixed and tastit the chocolate puddin.

Jist as they were pittin the puddin in the fridge tae cool, Violet, Klaus and Sunny heard a muckle, dirdin dunt as the front door wis flung open, and I'm shair I dinnae hae tae tell ye wha had jist came hame.

"Orphans?" Coont Olaf cried oot in his screichie vyce. "Whaur are yese, orphans?"

"Ben the kitchen, Coont Olaf," Klaus cawed. "We're jist feenishin denner."

"Aye, ye'd better be," Coont Olaf said, and he swaggered intae the kitchen. He glowered at aw three o the Baudelaire bairns wi his shiny, shiny een. "Ma troupe are jist comin the noo and they could eat a scabby horse. Whaur's the roast beef?"

"We didnae mak roast beef," Violet said. "We made puttanesca sauce."

"Ye whit?" Coont Olaf asked. "Nae roast beef?"

"Ye didnae tell us ye wantit roast beef," Klaus said.

Coont Olaf skitit ower taewards the bairns sae that he looked even mair muckle than he really wis. His een got brichter, and his ane ee-broo liftit in anger. "When I agreed tae adopt yese," he said, "I became yer faither, and as yer faither, I'm no somebody ye want tae mess aboot wi. This is yer last warnin – me and ma pals want oor roast beef, and we want it *noo*."

"We hivnae got ony!" Violet cried. "We made puttanesca sauce!"

"*Naw! Naw! Naw!*" Sunny shoutit.

Coont Olaf looked doon at Sunny, whase vyce had burst oot o naewhaur. Wi a radge-like rair he wheeched her up in wan clattie haund and liftit her till she wis starin him straicht in the ee. It gangs withoot sayin that Sunny wis that feart she burst oot greetin richt awa, ower fleggit even tae think aboot bitin the haund that held her.

"Pit her doon richt this meenit, ya bam, ye!" Klaus shoutit. He lowped up, tryin tae glaum

Sunny oot frae the Coont's haunds, but she wis ower high for him tae reach. Coont Olaf looked doon at Klaus and smiled a terrible, toothy girn as he heezed the screichin Sunny even higher up intae the air. He looked like he wis jist aboot tae drap her tae the flair when there wis a muckle burst o laughter fae the next room.

"Olaf! Whaur's oor Olaf?" vyces cried oot. Coont Olaf bided a wee, still haudin the screichin Sunny up in the air, as aw the fowk fae his theatre troupe came daunderin intae the kitchen. Soon the room wis hoachin wi them – a clamjamfrie o oorie-lookin gadgies o every shape and size. There wis a baldie chiel wi a richt lang neb, dressed in a lang black goon. There wis twa wimmin that had bricht white pooder aw ower their coupons, sae that they looked like ghaists. Ahint the wimmen wis a mannie wi gey lang and skinny airms, at the end o which were twa hooks insteid o haunds. There wis a punter that wis awfie, awfie fat, and that didnae look like either a man or a wumman. And ahint *thon* punter, staunin in the doorwey, were a hale wheen o ither fowk that the bairns couldnae see but that were shair tae be every bit as hackit.

"There ye are, Olaf," said yin o the white-faced wimmen. "Whit's this ye're up tae noo, then?"

"I'm jist giein these orphans a tellin," Coont Olaf said. "I said tae them tae mak us oor denner, and aw they've come up wi is this bowfin sauce."

"Ye cannae gang easy on bairns," the mannie wi the hook-haunds said, "They've got tae lairn tae dae whit they're telt."

The muckle, baldie chiel keeked at the bairns. "Is that," he said tae Coont Olaf, "is that thon bairns ye've been tellin me aboot that are pure rollin in it?"

"Aye," Coont Olaf said, "They're that mingin I'm gettin the dry boke jist fae touchin them." An as he said that, he pit Sunny, wha wis still greetin, back doon ontae the flair. Violet and Klaus gied a sich o relief that he hadnae jist drapped her frae up ower his heid.

"Nae wunner," said somebody in the doorwey.

Coont Olaf dichtit his haunds aff like it wis dug's dirt he'd been haundlin raither than a wee babbie. "Weel, enough bletherin," he said. "We'll jist hiv tae eat their denner, I dout, even though they've made a pure guddle o it. Richt awbody, c'mon in tae the dinin room and I'll get us some wine. Mebbe by the time these wee wicks pit oor denner oot, we'll be that blootert we'll no care if it's roast beef or whit."

"Ya beezer!" shoutit oot some o the troupe, and they mairched through the kitchen, follaein Coont Olaf intae the dinin room. Nane o them peyed the Baudelaire bairns the least wee bit notice, apairt frae the baldie chiel, wha stapped deid and stared Violet straicht in the ee.

"Ye're a bonnie yin," he said, takkin her face in his roch haunds. "If I wis you, I'd try no tae pit Coont Olaf's neb oot o jynt, or he micht end up makkin a dug's denner o thon bonnie wee coupon o yours." Violet shiddered, and the baldie chiel gied oot a screichie giggle and daundert aff.

The Baudelaire bairns, on their ain in the

kitchen, fund theirsels puffin and pechin, as if they had jist rin a hunner miles. Sunny wis still greetin, and Klaus realised that his ain een were brimmin forby. Anely Violet didnae greet, but jist tremmled wi dreid and grue, a wird which here means "an uggsome mixter-maxter o hert-scaud and horror." For a guid wee while, nane o them could say onythin.

"This is awfie, jist awfie," Klaus said finally. "Violet, whit are we gonnae dae?"

"I dinnae ken," she said. "I'm feart."

"Me tae," Klaus said.

"Meenaw!" Sunny said, and she stapped greetin.

"Hurry up wi oor denner!" somebody shoutit fae the dinin room, and the theatre troupe stairtit dunderin on the table aw at wance, which is jist an awfie rude thing tae dae.

"We'd better pit oot the puttanesca," Klaus said, "or wha kens whit Coont Olaf will dae tae us next."

Violet mindit whit the baldie chiel had said aboot makkin a dug's denner o her face, and she nodded. The twa o them looked at the pot o sotterin sauce, which had seemed that cosy while they were makkin it and noo looked like a vat o bluid. Then, leavin Sunny ahint in the kitchen, they traipsed intae the dinin room, Klaus cairryin a bowl o the noodles in aw the fantoosh shapes and Violet cairryin the pot o puttanesca sauce and a muckle ladle tae serve it wi. The theatre troupe wis kecklin and bletherin awa, takkin muckle swallaes fae their glesses o wine, and peyin nae heed at aw tae the Baudelaire orphans as they went roond the table giein awbody their denner. Violet's richt haund wis sair fae haudin the muckle ladle. She thocht aboot switchin ower tae her left haund, but cause she wis richt-haundit she wis feart she micht slitter the sauce if she used her left haund, and Coont Olaf wid tak a hairy fit at them again. She stared aw dulesome at Olaf's plate o scran and caught hersel wishin she had got some poison at the mairket and slipped it intae the puttanesca sauce. At lang last, wance they were feenisht pittin oot the scran, Klaus and Violet sloomed back intae the kitchen. They listened tae the roch, radge laughter o Coont Olaf and his theatre troupe, and they picked awa at their ain wee daud o scran, ower dulesome tae eat. Afore lang, Olaf's pals were dunderin on the table aw at wance again, and the orphans went oot tae the dinin room tae clear the table, and then again tae pit oot the chocolate puddin. By noo ye could tell that Coont Olaf and his cronies had bevvied a guid amoont o wine, and they sloonged aroond the table hairdly sayin onythin. Efter a bittie, they rowstit theirsels and traipsed back through the kitchen, no giein the bairns sae muckle as a second look on their wey back oot the hoose. Coont Olaf looked aw roond the room, which wis hoachin wi clattie dishes.

"Weel, seein as ye've hivnae redd up yet," he said tae the orphans, "I dout yese will no be comin alang tae the performance the nicht. But wance ye've got this tip sortit oot, yese hiv tae gang straicht up tae yer beds."

Klaus had been starin at the flair, tryin no tae

let on tae how up tae high-doh he wis. But he couldnae haud his wheesht at that. "Oor *bed*, ye mean!" he shoutit. "Ye've anely gied us the ane bed!"

The fowk in the theatre troupe stapped in their tracks at this wee ootburst, and looked fae Klaus tae Coont Olaf tae see whit wid happen next. Coont Olaf liftit his ane ee-broo, and his een shone bricht, but his vyce wis calm.

"If it's anither bed ye're wantin," he said, "Yese can awa doon the toon the morra and buy yin."

"Ye ken fine weel we hivnae ony siller," Klaus said.

"Aw, is that richt?" Coont Olaf said, and his vyce stairtit tae get a wee bit looder. "Cause last I heard, yese had a guid bit o money comin tae yese."

"Thon money," Klaus said, mindin whit Mr. Poe had telt them, "isnae for touchin until Violet comes o age."

Coont Olaf's coupon went bricht ridd. For a

wee meenit, he didnae said onythin. Then, aw in a wanner, he reached doon and skelped Klaus richt across the face. Klaus drapped tae the flair, his face inches awa frae the ee tattooed on Olaf's ankle. His glesses birled aff o his neb and skittered awa intae a corner. His left chaft, whaur Olaf had skelped him, felt like it wis on fire. The theatre troupe burst oot laughin, and there wis a wee strinklin o applause, as if Coont Olaf had jist duin somethin awfie gallus raither than somethin that should hae gied them aw the bowk.

"C'mon then, troops," Coont Olaf said tae his cronies. "We'll be late for oor ain performance."

"If I ken you, Olaf," said the mannie wi the hook-haunds, "you'll wirk oot some wey tae get tae thon Baudelaire siller."

"Mebbes aye, mebbes naw," Coont Olaf said, but his een were shinin bricht as if he'd awready had an idea. There wis anither dinsome dunt as the front door slammed shut ahint Coont Olaf

and his scunnersome pals, and the Baudelaire
bairns were alane in the kitchen. Violet knelt
doon aside Klaus, and gied him a bosie tae mak
him feel better. Sunny crawled ower tae his
glesses, picked them up, and brung them ower
tae him. Then Klaus stairtit bubblin, no sae
muckle cause o his sair chaft but mair oot o rage
at how awfie it aw wis, how unfair. Violet and
Sunny gret alang wi him, and they went on
greetin as they washed the dishes, and as they
blew oot the caunles in the dinin room, and as
they chynged oot o their claes and lay doon tae
gang tae sleep, Klaus on the bed, Violet on the
flair, Sunny on her wee cushion o curtains. The
muinlicht shone through the windae, and if
onybody had keeked in tae the Baudelaire
orphans' bedroom, they wid hae seen three
bairns greetin saftly aw nicht lang.

Unless ye've been awfie, awfie jammy, there's gonnae be things that hiv happened tae ye in yer life that hiv made ye greet. Sae unless ye've been awfie, awfie jammy, ye'll ken that a guid lang greet can be jist the verra thing tae mak ye feel better, even if naethin else aboot yer situation has chynged wan wee bit. Thon wis the wey it wis wi the Baudelaire orphans. Hivvin gret aw nicht, they got up the next mornin feelin as if a wecht had been taen aff their shooders. The three bairns kent, o coorse, that they were still in an awfie bad place, but they thocht they could mebbe dae somethin tae mak it a bittie better.

That mornin's note frae Coont Olaf telt them tae chop firewidd in the back gairden, and as Violet and Klaus brung the axe doon on each log, brekkin it intae tottier and tottier bits, they blethered aboot the things that they could mebbe dae, while Sunny chowed thochtily on a wee skelf o widd.

"Ony wey ye look at it," Klaus said, rinnin his fingir ower the gowpin bruise on his face whaur Olaf had skelped him, "we cannae stey here ony mair. I'd raither tak ma chances bidin oot on the streets than steyin here in this awfie place."

"But ye dinnae ken how bad things micht be oot on the streets," Violet pyntit oot, "At least here we've got a roof ower oor heids."

"I wish we *could* use oor maw and da's money

the noo, insteid o hivvin tae wait for ye tae come o age," Klaus said. "Then we could buy a castle and bide in it, wi airmed sodgers guairdin the waws tae keep oot Coont Olaf and his cronies."

"And I could hae a muckle wirkshop for inventin," Violet said, as if in a dwaum. She swung the axe doon and split a log neatly in twa. "Aw hoachin wi gears and pulleys and wires and a fantoosh computer system."

"And I could hae a stoatin library," Klaus said, "as comfy as Judge Strauss's, but even mair muckle."

"Gnap!" Sunny skirled, which seemed tae mean "And I could hae hunners o things tae bite."

"But in the meantime," Violet said, "we've got tae dae somethin aboot aw *this*."

"Mebbe Judge Strauss could adopt us," Klaus said. "She said we were aye welcome in her hame."

"She jist meant for a wee visit, but, or a swatch at her library," Violet pyntit oot. "She didnae mean tae *bide* wi her."

"But mebbe if we telt her whit's gaun on, she'd want tae adopt us," Klaus said howpfully, but when Violet looked at him she could see that he kent he wis jist kiddin himsel. Adoption is an awfie muckle decision, and no somethin fowk are liable tae agree tae jist for the sake o it. Nae dout in yer ain life ye've sometimes wished ye were gettin raised by fowk ither than the wans that are raisin ye noo, even while kennin in yer hert that there wis hee-haw chance o it actually happenin.

"I think we should gang tae see Mr. Poe," Violet said. "He telt us when he drapped us aff here that we could speak tae him at the bank if we'd ony questions."

"We hivnae got ony questions," Klaus said, "We've got a complaint." He wis thinkin o Mr. Poe walkin taewards them at Bracky Beach, wi his terrible message. Even though he kent the fire wisnae Mr. Poe's fault, Klaus wis still wary aboot seein Mr. Poe in case he gied them even mair bad news.

"I dinnae ken wha else we can talk tae," Violet said. "Mr. Poe is in chairge o whit happens tae us, and I'm shair that if he kent whit a rocket Coont Olaf is, he'd wheech us straicht oot o here."

Klaus imagined Mr. Poe comin alang in his motor and pittin the Baudelaire bairns inside, tae gang somewhaur else, and he felt a wee tingle o howp. Onywhaur wid be better than here. "Awricht," he said. "Let's get aw this fire-widd chopped and then we'll heid tae the bank."

Their new plan fillin them wi smeddum, the Baudelaire orphans swung their axes at an amazin speed, and afore lang they were feenisht and ready tae gang tae the bank. They mindit Coont Olaf sayin he had a map o the city, and they huntit up and doon for it, but they couldnae find ony sign o a map onywhaur, and they decidit it must be in the touer, whaur they'd been telt no tae gang. Sae wi nae clue whaur they were gaun or how tae get there, the Baudelaire bairns set aff for the city's bankin district in howp o findin Mr. Poe.

Efter walkin through the meat district, the flooer district, and the sculpture district, the three bairns fund their wey tae the bankin district, stappin tae tak a cauld sip o watter at the Foontain o Stamagastin Savins. The bankin district wis made up o a hantle o wide streets wi muckle marble buildins on either side o them, aw banks. First they went tae Brassneck Bank, and then tae Squarego Savins and Loan, and then tae Flyman Financial Services, every time askin efter Mr. Poe. At lang last, the receptionist at Flyman telt them that she kent Mr. Poe wirked doon the street, at Mintit Money Management. The buildin wis square and kind o dreich-lookin, though wance they'd got inside, the three orphans were a wee bit fleggit by the scurrie-whirrie o fowk as they breenged aroond the muckle chaumer wi its high ceilins. Efter a wee while, they asked a guaird in uniform if they were in the richt place tae speak tae Mr. Poe, and he took them through tae a muckle office wi hunners o filin cabinets and nae windaes.

"Erm, hullo," said Mr. Poe, soondin a bit bumbaiselt. He wis sittin at a desk covered wi typed papers that looked important and borin. Roond a wee framed photie o his wife and his twa hackit laddies there wis three telephones wi flashin lichts. "In ye come."

"Thanks awfie," Klaus said, shakin Mr. Poe's haund. The Baudelaire bairns sat doon in three muckle, comfy chairs.

Mr. Poe opened his mooth tae say somethin, but he'd tae hoast intae a hankie afore he could even stairt. "I'm gey thrang the day," he said, finally. "Sae I've no really got the time for a blether. Next time, phone aheid and let me ken when ye're gonnae be here, and I'll pit in ma diary that I'm takkin yese oot for lunch."

"That wid be awfie braw," Violet said, "and we're sorry we didnae let ye ken afore we drapped in, but it's kind o an emergency, ye see."

"Coont Olaf is aff his heid," Klaus said, gettin richt doon tae it. "We cannae stey wi him."

"He skelped Klaus across the face. See the

bruise?" Violet said, but jist as she said it, wan o the phones rang oot in a lood, lug-piercin skirl. "Haud on," Mr. Poe said, and he liftit the phone. "Poe here," he said intae the moothpiece. "Whit? Aye. Aye. Aye. Aye. Naw. Aye. Cheers, then." He hung up the phone and looked at the Baudelaires as if he'd forgot aw aboot them.

"Awfie sorry," Mr. Poe said, "Noo, whit were we talkin aboot? Och, aye, Coont Olaf. Sae ye've no quite hit it aff wi him yet. Ach, weel."

"He's anely gied us the ane bed," Klaus said.

"He maks us dae aw kinds o haird wirk aroond the hoose."

"He's ayeweys bevvied up on wine."

"Haud on," Mr. Poe said, as anither telephone rang. "Poe here," he said. "Seeven. Seeven. Seeven. Seeven. Six and a hauf. Seeven. Aye, nae wirries." He hung up and quickly scribbled somethin doon on wan o his papers, then looked at the bairns. "Awfie sorry," he said, "Noo, whit were ye sayin aboot Coont Olaf? Makkin yese dae some wirk aroond the hoose disnae soond *that* bad."

"He caws us orphans."

"He's got richt shady pals."

"He's ayeweys askin efter oor money."

"Pawkle!" (This wis fae Sunny.)

Mr. Poe pit his haunds up tae say that he'd heard enough. "Bairns, bairns," he said. "Ye need tae gie yersels time tae settle in. Ye're hairdly even in the door."

"We've been there lang enough tae ken that Coont Olaf is a rank bad yin, first class," Klaus said.

Mr. Poe siched, and looked at each o the three bairns. His face wis freendly, but it didnae really look as if he believed whit the Baudelaire bairns were tellin him. "Dae yese ken the Latin phrase 'in loco parentis'?" he asked.

Violet and Sunny looked at Klaus. He wis the big reader oot o the three o them, and the wan that wis maist likely tae ken foreign phrases and fantoosh wirds. "Somethin tae dae wi trains?" he asked. Mebbe Mr. Poe wis gonnae tak them on the train tae anither relative.

Mr. Poe shook his heid. "'In loco parentis' means 'actin in the role o a parent,'" he said. "It's a legal term and it applies tae Coont Olaf. Noo that he's lookin efter yese, the Coont can bring yese up ony wey he wants. I'm sorry if yer maw and da didnae mak ye dae wirk aroond the hoose, or if ye never saw them drinkin wine, or if ye like their pals better than Coont Olaf's pals, but ye're gonnae hiv tae get used tae it, cause Coont Olaf is actin in loco parentis. Dae ye get it?"

"But he *battered* ma brither!" Violet said. "Get a swatch at his face!"

As Violet wis speakin, Mr. Poe went intae his pocket for his hankie and, coverin his mooth, hoastit intae it a guid wheen o times. He hoastit that lood that Violet wisnae even shair if he heard her.

"Whitever Coont Olaf is daein," Mr. Poe said, deekin doon at wan o his papers and drawin a circle roond a nummer, "he's daein it in loco parentis, and there's hee-haw onybody else can dae aboot it. Yer siller will be in safe haunds

here, atween the bank and masel, but Coont
Olaf's ideas aboot rearin bairns are his ain
beeswax. Noo, I dinnae like tae pit yese oot
posthaste, but I've got hunners o wirk tae dae."

The bairns jist sat there, dumfoonert. Mr.
Poe looked up, and cleared his thrapple.

"'Posthaste,'" he said, "means—"

"—means ye'll no lift a fingir tae help us,"
Violet feenisht for him. She wis tremmlin wi
anger and scunneration. As yin o the phones
stairtit tae ring, she stuid up and mairched oot o
the room, follaed by Klaus, wha wis cairryin
Sunny. They stormed oot the bank and stuid on
the street, no kennin whit tae dae next.

"Whit are we gonnae dae?" Klaus asked, aw
dowie.

Violet stared up at the sky. She wished she
could invent somethin that'd wheech them faur,
faur awa. "It's gettin kind o late," she said. "We'd
be as weel jist gaun back and comin up wi some-
thin else the morra. Mebbe we can nip in and
see Judge Strauss."

"But ye said she widnae help us," Klaus said.

"No for help," Violet said, "for books."

It's gey haundy, when ye're wee, tae lairn the odds atween "literally" and "figuratively". If somethin happens literally, it actually happens; if somethin happens figuratively, it *feels like* it's happenin. If ye're literally jumpin for joy, likesay, it means ye're lowpin aboot in the air cause ye're that happy. If ye're figuratively jumpin for joy, it means ye're that happy that ye *could* jump for joy, but ye're savin yer smeddum for somethin else. The Baudelaire orphans traipsed back tae Coont Olaf's bit and drapped in on Judge Strauss, wha telt them tae come on ben and get some books oot her library. Violet picked oot a wheen o books aboot mechanical inventions, Klaus got himsel twa-three aboot wolves, and Sunny fund a book wi hunners o pictures o teeth inside. Then they went tae their room and cooried up thegither on their ane bed, thochtie and happy in their readin. *Figuratively*, they escaped fae Coont Olaf and their dulesome existence. They didnae *literally* escape, cause they were still in his hoose and Olaf wis still there and cuttin aboot, giein it *in loco parentis* laldy. But by lossin theirsels in their favourite kinds o books, they felt faur awa fae aw the dreichness o their lives, as if they had escaped. In the situation like theirs, ye ken, figuratively escapin wisnae really enough, but at the end o a weary and waesome day, it wis the maist they could howp for. Violet, Klaus, and Sunny read their books and, in the back o their minds, they howped that soon their figurative escape wid turn intae a literal real yin.

CHAIPTER
Six

The morra's morn, when the bairns stottert hauf-asleep fae their bedroom doon tae the kitchen, it wisnae a note fae Coont Olaf they fund waitin for them, but the Coont himsel.

"Guid mornin, orphans," he said. "Yer parritch is oot ready for ye."

The children sat theirsels doon at the kitchen table and stared nervous-like intae their parritch. If you kent Coont Olaf, and oot o naewhaur he made ye a bite tae eat, wid ye no be a wee bit feart yersel that there wis somethin awfie in it, like poison or poodered gless? But insteid, Violet, Klaus, and Sunny saw that fresh raspberries had been strinkled on tap o each o their portions. The Baudelaire orphans hadnae had raspberries syne their parents dee'd, although they were gey fond o them.

"Thanks awfie," Klaus said, tentily, pickin up yin o the raspberries and giein it the wance-ower. Mebbe they were poison berries that jist looked like the guid yins. Coont Olaf, noticin the funny wey Klaus wis lookin at the berries, smiled and pouked a berry aff Sunny's plate. Lookin at each o the three bairns, he papped it intae his gub and swallaed it.

"Dae ye no jist luve raspberries?" he asked. "I wis aw aboot ma raspberries when I wis your age."

Violet tried tae imagine Coont Olaf as a bairn, but she couldnae manage it. His shiny een, baney haunds, and sleekit smile aw seemed like things that anely grown-ups ever had. For aw that she wis feart o him, but, she picked up her spoon in her richt haund and stairtit tae eat her parritch. Coont Olaf had ate a bit, sae it probably wisnae poisonous, and onyweys, she wis stairvin. Klaus stairtit eatin as weel, and sae did Sunny, wha got mair parritch and raspberries on her face than in her mooth.

"I got a wee phone caw the ither day," Coont Olaf said, "fae Mr. Poe. He telt me youse bairns had been awa doon tae see him."

The bairns glenced at each ither. They'd howped that Mr. Poe wid haud his wheesht aboot haein seen them, a phrase which here means "keep it a secret and no rin his mooth aff tae Coont Olaf aboot it."

"Mr. Poe telt me," Coont Olaf said, "that yese didnae seem tae be settlin in awfie weel, for aw I've bent ower backwards tae please yese. I'm awfie, awfie sorry tae hear thon."

The bairns looked at Coont Olaf. His face wis pure serious, as if he actually *wis* awfie sorry tae hear thon, but his een were shiny and bricht, the wey they are when somebody's tellin a joke.

"Did he, aye?" Violet said. "Weel, I'm sorry Mr. Poe fashed ye wi aw thon."

"Och, it's for the best," Coont Olaf said, "see, I want the three o yese tae feel at hame here, noo that I'm yer faither."

The bairns shiddered a wee bittie at thon, mindin o their ain kind faither and gazin aw dowie at the hauf-price knock-aff noo sittin across the table fae them.

"This past wee while," Coont Olaf said, "I've been gettin masel aw wirked up aboot how I'm daein wi the theatre troupe, and I'm feart I've mebbe come ower a wee bit blate wi yese."

The wird "blate" is a smashin yin, but it disnae really describe the wey Coont Olaf had been actin wi the bairns. It means "wantin tae keep yersel tae yersel," and it micht describe somebody that, at a pairty, jist stauns there in the corner no talkin tae onybody. It *widnae* describe somebody that gies three bairns jist the ane bed tae sleep in, maks them dae aw kinds o scunnersome jobs, and then skelps them across the coupon. There's hunners o wirds for fowk like thon, but "blate" isnae yin o them. Klaus kent the wird "blate" and near enough burst oot laughin at Olaf's brass-neck in usin it here. But his face still had a bruise, so Klaus kept wheesht.

"Sae I've been thinkin aboot it, and tae mak yese feel a wee bit mair at hame here, I'd like yese tae tak pairt in ma next play. Mebbe if ye were mair involved in the wirk I'm daein, ye'd no be as like tae rin awa greetin tae Mr. Poe."

"Whit wid we be daein in it?" Violet asked. She wis thinkin o aw the wirk Coont Olaf awready had them daein, and wisnae in the mood for takkin on ony mair.

"Weel," Coont Olaf said, his een shinin bricht, "the play is cawed *The Wunnerfu Waddin*, and it's by this absolutely smashin scriever cawed Al Foncoot. We'll jist be giein the yin performance, this Friday nicht. It's aboot this loon that's richt gallus and gleg, played by masel. At the end, he mairries this bonnie young lassie he's in luve wi, in front o a crood o punters, giein it laldy. Klaus, Sunny, *youse* twa will play some o the punters giein it laldy in the crood."

"But we're hauf the size o maist grown-ups," Klaus said. "Will thon no look awfie funny tae the fowk that's watchin?"

"Youse will be playin twa midgets that turn up tae the waddin," Olaf said patiently.

"And whit aboot me?" Violet asked. "I'm a dab haund wi a hammer, sae mebbe I could help ye oot wi pittin up the set."

"Pittin up the set? Aye, that'll be richt!" Coont Olaf said, "I'm no haein a bonnie lassie like yersel slavin awa backstage."

"But I'd *like* tae," Violet said.

Coont Olaf's yin ee-broo liftit a wee bit, and the Baudelaires kent thon as a sign he wis gearin up tae tak a flakie. But then the ee-broo went back doon again and he forced himsel tae keep the heid. "The thing is, but, I've somethin for ye tae be daein onstage that's much mair important," he said. "See, you're gonnae be playin the young lassie that I mairry."

Violet felt her parritch and raspberries gaun roond in her wame, as if she wis aboot tae boke.

It wis bad enough haein Coont Olaf actin in loco parentis and cawin himsel their faither, but tae let on as if this gadgie wis her husband, even jist for a play, wis mair than she could haundle.

"It's an *awfie* important pairt," he went on, his mooth wirkin itsel up intae a kid-on smile, "though ye hivnae ony lines except for 'I dae', which is whit ye'll say when Judge Strauss asks if ye'll mairry me."

"Judge Strauss?" Violet said. "Whit's she got tae dae wi it?"

"Judge Strauss is gonnae play the pairt o the judge," Coont Olaf said. Ahint him, yin o the een pentit ontae the kitchen waw watched closely ower each wan o the Baudelaire bairns. "I asked Judge Strauss tae tak pairt cause I wantit tae be a guid neebur, as weel as a guid faither."

"Coont Olaf," Violet said, and then she stapped hersel. She wantit tae wheedle her wey oot o playin his wife, but she didnae want tae noise him up again. "*Faither*," she said, "I dinnae think I'm guid enough tae tak pairt in a professional play. I'd hate tae mak a laughin stock o yer guid name, and the name o Al Foncoot forby. Onyweys, I'll be awfie thrang ower the next few weeks wirkin on ma inventions – and lairnin how tae mak roast beef," she pit in quickly, mindin whit a performance he'd made aboot denner.

Coont Olaf reached oot wi wan o his speederlike haunds and ran his fingirs alang Violet's chin, starin deep intae her een. "*Ye'll dae*," he said, "whit ye're telt. I'd raither ye did it aff yer ain back, but as I'm shair Mr. Poe said tae ye, if I tell ye ye're takkin pairt in this play, *that's whit ye're daein*." Coont Olaf's shairp, clattie fingirnails scartit saftly on Violet's chin, and she shiddered. The room wis awfie, awfie quiet as Olaf finally let gang, stuid up, and left withoot a wird. The Baudelaire bairns listened tae the brattlin o his fit-faw as he went up the stairs tae the touer whaur they wirnae tae gang.

"Weel," Klaus said thochtily, "I mean, it

willnae kill us tae be in his play. It seems awfie important tae him, and we want tae stey in his guid books."

"But he must be up tae somethin," Violet said.

"Ye dinnae think thon berries were poisoned, dae ye?" Klaus asked, a bit feart.

"Naw," Violet said. "Olaf is efter thon money o oors. Killin us widnae dae him a lick o guid."

"But whit guid daes it dae him, pittin us in some glaikit play?"

"I dinnae ken," Violet admittit, dulesome. She stuid up and stairtit rinsin oot the parritch bowls.

"I wish we kent a bittie aboot inheritance law," Klaus said. "Bet ye onythin Coont Olaf has came up wi some scheme tae get his haunds on oor siller. I jist cannae wirk oot whit it wid be, but."

"We could mebbe ask Mr. Poe aboot it," Violet said, no quite shair, as Klaus stuid aside her and dried the dishes. "He kens aw thae Latin legal phrases."

"But Mr. Poe wid awa and phone Coont Olaf again, and then he'd ken we were on tae him," Klaus pyntit oot, "Mebbe we could try talkin tae Judge Strauss. She's a judge, she'll ken aw aboot the law."

"But she's Olaf's neebur as weel," Violet replied, "and she'd mebbe tell him we'd been askin."

Klaus took aff his glesses, like he ayeweys did when he wis thinkin haird. "How can we find oot aboot the law withoot Coont Olaf kennin aboot it?"

"Book!" Sunny shoutit, oot o naewhaur. She probably meant somethin like "Haw, somebody gonnae gie ma face a wee dicht?" but it made Violet and Klaus look at each ither. *Book.* They were baith thinkin the same thing: shairly Judge Strauss wid hae a book aboot inheritance law.

"Coont Olaf didnae leave us ony jobs tae dae," Violet said, "sae I dout we're awricht tae gang see Judge Strauss and her library."

Klaus smiled. "Ye're no wrang," he said. "And

ken whit, I dinnae think I'll be pickin oot a book aboot wolves the day."

"Nut," Violet said, "And I'll gie mechanical engineerin a bye. I've a wee notion for a book aboot inheritance law."

"Weel, c'mon then," Klaus said. "Judge Strauss said we could come ower whenever we liked, and we dinnae want tae be *blate*."

At the verra mention o the wird that Coont Olaf had made sic a numpty o himsel ower, the Baudelaire orphans aw laughed, even Sunny, wha o coorse didnae even ken that mony wirds. In nae time at aw they'd pit the clean parritch bowls awa in the kitchen cupboards, that were aye watchin them wi their pentit een. Then the three young fowk beltit aff next door. Friday, the day o the performance, wis anely a few days in comin, and the bairns wantit tae wirk oot Coont Olaf's plan as soon as soon could be.

CHAIPTER
Seeven

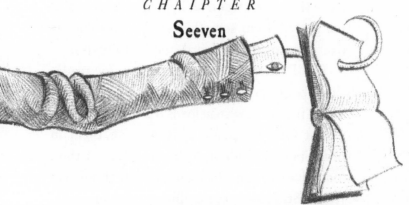

There's hunners o different kinds o books in the warld, which is exactly whit ye'd expect, cause there's hunners o different kinds o fowk, and aw o them want tae read somethin different. Likesay, fowk that hate stories aboot loads o awfie things happenin tae wee bairns should pit this book doon straicht awa. But yin kind o book that basically naebody likes tae read are books aboot the law. Books aboot the law are weel-kent for bein awfie lang, awfie borin, and awfie haird tae read. Thon's wan o the reasons lawyers get peyed loads o dosh. The money is an incentive – the wird "incentive" here means "a rewaird tae get ye daein somethin ye dinnae want tae dae" – tae read lang, haird, and borin books.

The Baudelaire bairns' incentive for readin thon books wis a wee bit different, ye ken. Their incentive wisnae loads o dosh, but keepin Coont Olaf fae pullin a fly wan on them in order tae *get* loads o dosh. But even wi thon incentive, wirkin through the law books in Judge Strauss's private library wis an awfie, awfie, awfie sair fecht.

"Haud the bus!" Judge Strauss said, when she came intae the library and saw whit they were readin. She'd let them ben the hoose, but then she'd went straicht oot the back door tae dae her gairdenin, leavin the Baudelaire bairns aw on their ain in her stoatin library. "I thocht youse were aw aboot yer mechanical engineerin, and yer animals o North America, and yer teeth. Are ye shair ye're wantin tae read thon muckle law books? Even *I* dinnae like readin them, and I get peyed tae dae it."

"Aye," Violet lied, "I think they're dead interestin, Judge Strauss."

"Me an aw," Klaus said. "Me and Violet are thinkin aboot becomin lawyers when we're aulder, sae we're pure intae aw these law books."

"Weel," Judge Strauss said, "Shairly Sunny cannae be interestit in the law. Mebbe she'd prefer tae come and gie me a haund in the gairden."

"Yaldy!" Sunny skirled, which meant "I'd much raither be oot in the gairden than sittin here like a lemon watchin these twa strauchlin through law books."

"Well, mak siccar she disnae gang eatin ony clart," Klaus said, liftin Sunny ower tae the judge.

"Nae danger," said Judge Strauss. "We widnae want her no weel for the day o her big performance."

Violet and Klaus looked at each ither. "Are ye excitit aboot the play?" Violet asked, tentily.

Judge Strauss's face lit up. "Are ye kiddin?"

she said. "I've ayeweys wantit tae be an actress, ever syne I wis a wee lassie. And noo, thanks tae Coont Olaf, I'm gettin tae live oot ma life-lang dream. Are ye no pure thrilled yersel tae be pairt o the theatre?"

"Aye, I suppose so," Violet said.

"Coorse ye are," Judge Strauss said, wi stars in her een and Sunny in her haunds. She left the library and Klaus and Violet looked at each ither and siched.

"She's had her heid turnt," Klaus said. "She widnae believe us if we telt her that Coont Olaf is up tae somethin, nae maitter whit."

"She widnae help us onywey," Violet pyntit oot wi her face trippin her. "She's a judge, she'd jist stairt bumpin her gums aboot in loco parentis like Mr. Poe."

"That's how we've got tae fund a legal reason tae caw aff the play," Klaus said firmly. "Hae ye howked onythin oot fae thon book yet?"

"Naethin guid," Violet said, keekin doon at a scrap bit o paper she'd been takkin notes on.

"Fifty years syne, there wis this wumman that left hunners o money tae her pet futret, and nane tae her three laddies. But the three laddies tried tae mak oot that the wumman wis aff her heid, sae that they'd get the money insteid."

"Whit happened?" Klaus asked.

"The futret dee'd, I think," Violet replied, "but I'm no richt shair. I'll need tae look up some o these wirds."

"I dinnae think thon's gonnae help us much, onywey," Klaus said.

"Mebbe Coont Olaf is tryin tae mak oot that *we're* aff oor heids, sae that he'll get the money," Violet said.

"But how wid pittin us in *The Wunnerfu Waddin* mak it look like we were aff oor heids?" Klaus asked.

"I dinnae ken," Violet admittit, "I'm stuck. Hiv you got onythin?"

"Aroond aboot the same time as your futret quine," Klaus said, flickin through the muckle book he'd been readin, "a load o actors pit on a performance o Shakespeare's *Macbeth*, and nane o them had ony claes on."

Violet took a riddie. "Whit, ye mean they were aw up there on stage in the pure scud?"

"Anely for a meenit," Klaus said, smilin. "The polis came and shut the hale thing doon. I'm no shair thon's ony use tae us either, but. I jist thocht it wis gey interestin tae read aboot."

Violet siched. "Mebbe Coont Olaf isnae up tae onythin," she said. "I cannae be daein wi him or his play, but mebbe we're gettin oorsels aw up tae high-doh aboot naethin. Mebbe Coont Olaf really *is* jist tryin tae mak us feel like pairt o the faimily."

"Whit are ye haverin aboot?" Klaus cried. "He took his haund aff ma jaw!"

"But there's nae wey he can get his haunds on oor money jist by pittin us in a play," Violet said. "Ma een are aboot gaun thegither frae readin aw these books, Klaus, and they're no helpin us. I'm awa oot tae gie Judge Strauss a haund in the gairden."

Klaus watched his sister gang awa, and his hert sank doon tae his taes. The day o the performance wis comin up, and he hadnae even wirked oot whit Coont Olaf wis up tae, never mind how tae stap him. His hale life, Klaus had aye thocht that if ye read enough books there wis nae problem that ye couldnae fix, but noo he wisnae sae shair.

"Haw, you!" A vyce frae the doorwey startled Klaus frae oot his thochts. "Coont Olaf sent me lookin for ye. Ye've tae get back tae the hoose, chop-chop."

Klaus turnt roond and saw ane o the fowk fae Coont Olaf's theatre troupe, the wan wi hooks for haunds, staunin in the frame o the door. "Whit are ye daein in this stoorie auld room, onywey?" he asked in his croupit vyce, walkin ower tae whaur Klaus wis sittin. He squintit wi his beady een at the book that Klaus wis readin. "*Inheritance Law for the Interestit*?" he said, gey nippie. "Whit are ye readin that for?"

"Whit dae ye think?" Klaus said.

"I'll tell ye whit I think." The mannie pit yin o his fearsome hooks on Klaus's shooder. "I think ye shouldnae be let back ower tae this library again, at least no until Friday. We dinnae want a wee boy gettin big ideas. Noo, whaur's yer sister and that hackit wee snotterybeak?"

"In the gairden," Klaus said, shruggin the hook aff fae his shooder. "Awa and get them, if ye're that bathered."

The mannie leaned ower until his face wis jist inches awa frae Klaus's, near enough that the mannie's coupon turnt intae a blur. "You listen tae me, wee man," he said, pechin oot a boggin reek wi every wird. "The anely reason Coont Olaf hisnae torn ye tae targets awready is that he's no got his haunds on yer money yet. As lang as he's still wirkin oot his plans, he'll let ye alane. But ye've got tae ask yersel, ya wee spoff: is he still gonnae want ye alive efter he's got yer money? Whit dae ye think he's gonnae dae wi ye then?"

Klaus felt a cauld chill gang doon him as the

terrible mannie spoke. He'd never been sae feart in aw his days. He realised that his airms and legs were shakin awfie, awfie bad, as if he wis hivvin some kind o fit. His mooth wis makkin weird noises, like Sunny ayeweys did, as he strauchled efter somethin tae say. "Ah— " Klaus heard himsel chowkin oot. "Ah—"

"When it gets doon tae it," the hook-haundit mannie said evenly, takkin nae tent o Klaus's noises, "Ma bet is, Coont Olaf will mebbe jist leave you tae masel. Sae if I wis you, I'd hae a wee think aboot cuttin oot the cheek." The man stuid up again and pit baith his hooks richt in front o Klaus's face, sae that the licht frae the readin-lamps skinkled aw ower the dreidsome-lookin contraptions. "Noo, if we're aw duin here, I'll awa and get yer puir wee orphan sisters."

Klaus felt his hale body gang limp as the hook-haundit mannie left the room, and for a lang meenit he jist wantit tae sit there and catch his breith. But his mind widnae let him. These were his last seconds in the library, and mebbe his last shot tae stymie Coont Olaf's ploy. But whit could he dae wi them? Hearin the faint soonds o the hook-haundit mannie talkin tae Judge Strauss in the gairden, Klaus looked frantically aroond the library for somethin that wid mebbe help. Then, jist as he heard the mannie's fitsteps comin back this wey, Klaus got a swatch at a book, and like jing he grabbed it. He untucked his shirt and pit the book up his jouk, tuckin his shirt back in jist as the hook-haundit mannie came back intae the library, hucklin Violet and cairryin Sunny, wha wis tryin and failin tae bite the mannie's hooks.

"That's me ready," Klaus said quickly, and he walked oot the door afore the mannie could get a guid deek at him. He jinked weel awa oot aheid o his sisters, howpin that naebody wid notice the book-shaped bumph up his shirt. Mebbe, jist mebbe, the book Klaus wis pauchlin could save their lives.

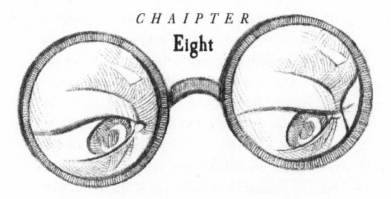

CHAIPTER
Eight

Klaus sat up aw nicht readin, which wis normally somethin he luved daein. Back when his maw and da were still alive, Klaus used tae tak a torch tae bed wi him and coorie in aneath the covers, readin until he couldnae keep his een open. Some mornins, his faither wid come intae Klaus's room tae wake him up and find him asleep, still cleekin on tae his torch wi ane haund and his book wi the ither. But on this nicht we're talkin aboot, ye ken, it wisnae like that at aw, no wan wee bit.

Klaus stuid next tae the windae, squintin as he read his pauchled book by the muinlicht that trinkled intae the room. Noo and then he keeked ower at his sisters. Violet wis sleepin aw wanrestfu – a wird which here means "tossin an turnin aw nicht lang" – on the bumphlie bed, and Sunny had cooried her wey richt doon intae the pile o curtains sae that she jist looked like a wee guddle o clooties. Klaus hadnae telt his sisters aboot the book, cause he didnae want tae get their howps up. He wisnae richt shair yet if the book wid help them oot o the fankle they were in.

It wis a lang book, and gey haird tae read, and Klaus got mair and mair wabbit as the nicht went on. Noo and then his een wid faw shut. He fund himsel readin the same sentence ower and ower. He fund himsel readin the same sentence ower and ower. He fund himsel readin the same sentence ower and ower. But then he'd mind the wey the hook-haunds o Coont Olaf's crony had glentit in the library, and he'd think o them teirin straicht intae his skin, and he'd wake himsel richt up and cairry on readin. He fund a wee orral o paper and he tore it intae strips, which he used tae merk oot pairts o the book he thocht micht turn oot usefu.

By the time the licht ootside wis turnin gray wi the comin skybrek, Klaus had fund oot awthin that he needit tae ken. His howps heezed high alang wi the sun. Finally, when the first few birds stairtit tae sing, Klaus tippy-taed tae the door o the bedroom and drew it saftly open, tentie no tae wake the wanrestfu Violet or Sunny, wha wis still hiddled awa aneath the pile o curtains. Then he went tae the kitchen and sat and waitit for Coont Olaf.

He didnae hiv lang tae wait afore he heard Olaf strampin doon the touer stairs. When Coont Olaf daundered intae the kitchen, he saw Klaus sittin at the table and he smirled, a wird which here means "smiled in a sleekit, unfreendly wey".

"Aye aye, orphan," he said, "Up at the crack o dawn, I see."

Klaus's hert wis aw gaun, but he felt calm on the ootside, as if he had on a layer o invisible armour. "I've been up aw nicht," he said, "readin this book." He pit the book oot on the table whaur Olaf could see it. "It's cawed *Nuptial Law for Numpties*," Klaus said, "and I fund oot an awfie lot o interestin things while I wis readin it."

Coont Olaf had taen a bottle o wine oot tae pour himsel a wee bit brekfast, but when he saw the book he stapped, and he sat doon.

"The wird 'nuptial,'" Klaus said, "means 'tae dae wi mairriage.'"

"I ken fine weel whit the wird means," Coont Olaf gurled. "Whaur did ye get thon book?"

"Fae Judge Strauss's library," Klaus said. "But that disnae maitter. Whit *daes* maitter is that I've wirked oot yer plan."

"Oh hiv ye, aye?" Coont Olaf said, his ane ee-brow gaun up, "And jist whit *is* ma plan, ya wee nyaff?"

Klaus peyed nae heed tae the insult and opened the book tae whaur yin o the orrals o

paper wis mairkin his place. "'The laws o mair-
riage in this community are gey simple,'" he
read oot lood, "'Here's whit ye'll need: a judge
tae be there, a statement o "I dae" by baith the
bride and the groom, and the signin o a written
agreement in the bride's ain haund.'" Klaus pit
doon the book and pyntit at Coont Olaf. "If ma
sister says 'I dae' and signs a bit o paper, while
Judge Strauss is staunin there, then she's legally
mairrit. This play ye're pittin on shouldnae be
cawed *The Wunnerfu Waddin*. *The Wide-oh
Waddin*, mair like it. You're no gonnae mairry
Violet figuratively – ye're gonnae mairry her
literally! This play willnae jist be kid-on; it'll be
real and legally bindin."

Coont Olaf laughed a roch, croupit laugh.
"Yer sister's no auld enough tae get mairrit."

"She can get mairrit if she's got permission
aff her legal guairdian, actin in loco parentis,"
Klaus said. "I read that as weel. Dinnae think ye
can pull a fly wan on me."

"Whit wid *I* want wi mairryin yer sister?"

Coont Olaf asked. "Fair enough, she's awricht tae look at, but a man like masel can tak his pick fae the bonnie lassies."

Klaus turnt tae anither pairt o *Nuptial Law for Numpties*. "'A legal husband,'" he read oot lood, "'has the richt tae control ony money that belangs tae his legal wife.'" Klaus glanced up at Coont Olaf, pure chuffed wi himsel. "Ye're gonnae mairry ma sister tae get control o the Baudelaire siller! Or that's whit ye were *gonnae* dae, onywey. But wance I show aw this tae Mr. Poe, it'll be gemme's a bogey for yer play, and it'll be the jyle for yersel!"

Coont Olaf's een got awfie shiny, but he kept smirlin awa at Klaus. The laddie didnae ken whit tae mak o thon at aw. See, Klaus had thocht that wance he'd telt Olaf whit he kent, thon scunnersome bam wid hae taen a pure maddie, mebbe even hae rattled somebody. Efter aw, he'd wance had an absolute flakie jist cause he'd wantit roast beef insteid o puttanesca sauce. Ye'd think he'd be even mair fizzin aboot it that he wis ontae plums wi his wee ploy. But Coont Olaf jist sat there quite the thing, as if they were bletherin aboot the price o fish.

"Och, weel, that's me caught bonnie, eh," Olaf said evenly. "I dout ye're richt enough: I'll be aff tae the jyle, and yersel and the ither orphans will gang awa scot-free. Noo, awa up tae yer room and wake yer sisters up, aye? I'm shair they'll want tae hear aw aboot how ye've pit the auld tae-bash tae me and ma evil ploys."

Klaus gied Coont Olaf anither look, but he jist sat there smilin awa as if he'd telt a richt guid joke. How wis he no cawin Klaus for aw the bad nemmes o the day, or pullin the hair oot his heid, or boltin awa tae pack his claes and shoot the craw? This wisnae turnin oot at aw like Klaus had thocht it wid.

"Weel, I *will* gang and tell ma sisters," he said, and he went back intae his bedroom. Violet wis still doverin on the bed and Sunny wis still hiddled unner the curtains. Klaus woke Violet up first.

"I sat up aw nicht readin," Klaus said, aw excitit, as his sister opened her een, "and I wirked oot whit it is Coont Olaf is up tae. He's plannin on mairryin ye for real, while you and Judge Strauss and awbody else jist thinks it's a play, and wance he's yer husband he'll hae control o oor maw and da's siller and he can get shot o us ony time he likes."

"How can he mairry me for real?" Violet asked. "It's jist a play."

"The anely things ye need for the mairriage tae be legal," Klaus telt her, haudin up *Nuptial Law for Numpties* tae show his sister whaur he wis gettin aw this frae, "are for you tae say 'I dae,' and sign a document in yer ain haund, and for a judge tae be there – like Judge Strauss!"

"But shairly I'm no auld enough tae get mairrit," Violet said. "I'm anely fowerteen."

"Lassies that arenae eighteen yet," Klaus said, flickin tae anither pairt o the book, "can still get mairrit if they've got permission aff their legal guairdian. That's Coont Olaf."

"Help ma boab!" Violet cried. "Whit are we gonnae dae?"

"We can tak this tae Mr. Poe," Klaus said, pyntin at the book, "and he'll finally credit us that Coont Olaf is a pure chancer. C'mon, hurry up and get yer claes on while I wake Sunny up, and we'll be doon at the bank in time for it openin."

Violet usually had twa speeds o a mornin, 'Slow' and 'Stap'. But she nodded and straicht awa she lowped oot o bed and went tae the cairdboard box tae howk oot some hauf-decent claes. Klaus went ower tae the guddle o curtains tae wake up his wee sister.

"Sunny," he cawed oot blythely, pittin his haund whaur he thocht his sister's heid must be. "Sunny."

There wis nae answer. Klaus cawed Sunny's nemme oot again, and liftit up the tap fauld o the curtains tae wake up the youngest Baudelaire bairn. "Sunny," he said, but then he stapped deid. See, unnerneath the curtain wis naethin but anither curtain. He raked through aw the layers, but his wee sister wis naewhaur tae be seen. "*Sunny!*" he shoutit, lookin aw roond the room. Violet drapped the dress she wis haudin and stairtin lookin an aw. They sairched in every neuk, unner the bed, even inside the cairdboard box. But Sunny wisnae onywhaur.

"Whaur has she went?" Violet asked, her hert a-dunder. "It's no like her tae gang aff on her ain."

"Aye, it's a mystery, that, eh?" said a vyce ahint them, and the twa bairns turnt roond. Coont Olaf wis staunin in the doorway, watchin Violet and Klaus as they turnt the room upside doon. His een were shinin brichter than ever, and he wis still smilin awa as if he'd jist telt a brammer o a joke.

"*Aye*," Coont Olaf went on, "it's a thocht, is it no? A bairn jist disappearin like that. A wee, helpless bairn."

"Whaur's Sunny?" Violet cried. "Whit hiv ye duin wi her?"

Coont Olaf took nae tent o Violet, and went on speakin. "But then, there's hunners o weird things gaun on, nooadays. In fact, if youse twa orphans come wi me oot tae the back gairden, I dout we'll be in for a guid swatch at somethin awfie, awfie queer."

The Baudelaire bairns didnae say onythin, jist follaed Coont Olaf through the hoose and oot the back door. Violet stared aroond the scruffy wee gairden, whaur she hadnae been syne Klaus and her had been made tae chop widd. The pile o logs they'd made wis still lyin there jist as they'd left it, as if Coont Olaf had had them choppin widd jist oot o badness, raither than for ony guid reason. Violet chittered, still in her nichtie, but as she looked roond and aboot she couldnae see onythin that wis oot o the ordinar.

"Ye're no lookin in the richt place," Coont Olaf said. "For bairns that are never duin readin, youse twa are *richt* glaikit."

Violet glenced ower at whaur Coont Olaf wis staunin, but she couldnae look him in the een. The een in his heid, that is. She wis starin at his feet, and could see the tattooed ee that had been watchin the Baudelaire bairns ever syne their strauchles had stairtit. Then her een ranged up alang Coont Olaf's shilpit, dreichly-dressed body, and saw that he wis pyntin up wi yin baney haund. She follaed his pyntin fingir and fund hersel lookin at the forbidden touer. It wis biggit oot o broukit stane, wi jist the yin, lane windae, and if she squintit haird enough, in thon windae she could jist aboot mak oot somethin that looked like a birdcage.

"Aw naw," Klaus said in a wee, feart vyce, and Violet looked again. It *wis* a birdcage, hingin oot the touer windae like a flag in the wind, but inside the birdcage she could see her wee sister, tottie and feart. When Violet got a richt guid look, she could see there wis a muckle bit o tape ower Sunny's mooth, and ropes aw roond her body. She wis fankled up fae heid tae fit.

"Let her gang!" Violet said tae Coont Olaf. "She's jist a bairn! Whit hairm's she ever duin tae *you*?"

"Weel, noo, haud on a wee," Coont Olaf said, plankin himsel doon on a stump, "If ye're honestly wantin me tae let her gang, I will. But shairly even

a wee bawheid like yersel can wirk oot that if I let her gang – or, tae pit it anither wey, if I ask ma pal tae let her gang – puir wee Sunny micht no mak it aw the wey doon tae the grund in yin piece. I mean, thon's a thirty-fit touer, and that's a lang, lang wey for a wee babbie tae faw, even if she *is* in a cage. But if that's whit yese are wantin…"

"*Naw!*" Klaus cried. "*Dinnae!*"

Violet looked intae Coont Olaf's een, and then at the wee bundle that wis her sister, hingin frae the tap o the touer and pirlin slowly in the breeze. She thocht o Sunny fawin fae the touer aw the wey tae the grund, imagined her wee sister's last thochts bein yins o absolute terror. "*Please*," she said tae Olaf, feelin tears in her een, "She's anely a wee bairn. We'll dae *onythin*, *onythin*. Jist dinnae hurt her."

"*Onythin?*" Coont Olaf asked, his ee-brow gaun up. He leaned in taewards Violet and looked intae her een. "*Onythin?* Likesay, mair-ryin me durin the morra nicht's performance? *That* kind o onythin?"

Violet stared at him. She had an orra feelin in her stomach, as if *she* wis the yin gettin drapped fae a great height. The maist frichtsome thing aboot Olaf, she realised, wis that he wisnae hauf as stupid as he looked. He wisnae jist a coorse, bevvied-up radge, but a *sleekit*, coorse, bevvied-up radge.

"While you were busy readin yer books and rinnin yer yap aff," Coont Olaf said, "I got yin o ma maist fly and sleekit cronies tae sneak intae yer bedroom and huckle wee Sunny awa. She's safe as hooses up there, for noo. But the wey I see it, yer wee sister's jist a stick ahint a thrawn cuddy."

"Oor wee sister *isnae* a stick," Klaus said.

"A thrawn cuddy," Coont Olaf telt them, "disnae gang whitever wey its owner wants it tae. That's like youse, and how yese are ayeweys makkin a guddle o ma plans. Ony fairmer will tell ye that a thrawn cuddy will gang the richt road as lang as there's a carrot in front o it, and a stick ahint it. It'll gang taewards the carrot, cause it wants the reward o scran, and awa frae the stick, cause it disnae want the punishment o a leatherin. And in the same wey, youse twa will dae exactly whit I tell yese, tae jouk the punishment o lossin yer sister, and tae win the reward o comin through aw this in wan piece. Noo, Violet, I'll ask ye yin last time: *will* ye mairry me?"

Violet swallaed, and looked doon at Coont Olaf's tattoo. She couldnae bring hersel tae say onythin.

"C'mon, hen," Coont Olaf said, his vyce lettin on – a phrase which here means "pretendin" – tae be kind. He reached oot a haund and ran it through Violet's hair. "Wid it really be as bad as aw that tae be ma wifie, tae bide in ma hoose for the rest o yer days? Ye're sic a bonnie quine, I willnae get shot o ye efter the waddin the wey I will yer brither and sister."

Violet imagined sleepin next tae Coont Olaf, and wakin up every mornin tae the sicht o this uggsome man. She imagined wanderin roond the hoose, tryin tae stey oot o his road aw day, then cookin for his shady wee cronies at nicht, and mebbes every nicht, for the rest o her life. But then she looked up at her helpless sister and she kent whit her answer had tae be. "If ye let Sunny gang," she said, in the end, "I *will* mairry ye."

"I'll let Sunny gang," Coont Olaf answered her, "efter the morra nicht's performance. But jist the noo, she'll bide in the touer whaur we can keep an ee on her. And, jist sae ye ken, ma cronies will be parked at the door tae the touer staircase, in case ye're gettin ony bonnie wee notions."

"You're a rotten, rotten wee man," Klaus spat oot, but Coont Olaf jist smiled again.

"Weel, mebbes aye and mebbes naw," Coont Olaf said, "but I've been able tae come up wi an easy-peasy wey o gettin thon money, which is mair than youse ever did." Wi that, he stairtit tae stoat awa taewards the hoose. "Mind o that, orphans," he said. "Aye, yese micht hae read mair books than me, but it did yese hee-haw guid in the end. Noo, gie me thon book that ye got aw yer big ideas fae, and dae the jobs I've telt ye tae dae."

Klaus siched and owergied – a wird which here means "haundit ower tae Coont Olaf even though he didnae want tae" – the book on nuptial law. He stairtit tae follae Coont Olaf intae the hoose, but Violet steyed as still as a stookie. She'd no been listenin tae thon last speech o Coont Olaf's, kennin weel it wid be the usual load o blowsterin havers and sneistie pelters. She wis starin at the touer, no at the tap, whaur her sister wis hingin, but the hale length o it. Klaus looked back at her and saw somethin he hadnae seen in a guid wee while. Tae onybody that hadnae kent Violet that lang, naethin wid hae seemed unusual, but onybody that kent her weel kent that when she fankled her hair up in a ribbon tae keep it oot o her een, it meant the gears and levers o her inventin brain were birlin awa like laldy.

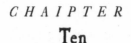

CHAIPTER
Ten

Thon nicht, Klaus wis the Baudelaire orphan sleepin aw wanrestfu in the bed, and Violet wis the Baudelaire orphan sittin up, wirkin by the licht o the muin. Aw day, the twa siblins had traipsed aroond the hoose, daein the jobs they'd been telt tae dae and hairdly sayin eechie or ochie tae each ither. Klaus wis ower wabbit and hert-seek tae say onythin, and Violet wis cooried awa in the inventin pairt o her brain, ower busy wirkin things oot tae blether.

Come nichtfaw, Violet gaithered up the curtains that had been Sunny's bed and brocht them tae the door tae the touer stairs, whaur thon stoatin big crony o Coont Olaf's, the yin that didnae look like either a man or a wumman, wis staunin guaird. Violet asked if she could take the blankets up tae her sister, tae make her mair comfy durin the nicht. The muckle craitur jist looked at Violet wi its blank white een and shook its heid, then sent her awa wi a silent gestur.

Violent kent fine weel that Sunny wid be ower feart for jist a haundfu o clooties tae mak things better, but she'd howped that she'd be allooed a couple o meenits jist tae haud Sunny and tell her that awthin wis gonnae be awricht. Forby thon, she'd wantit tae dae somethin kent in the crime business as "takkin a shooftie". "Takkin a shooftie" means gettin a guid deek roond a certain place sae that ye can come up wi a plan. Likesay, if ye were a bank robber – though I howp ye arenae – ye micht gang roond tae the bank a few days afore ye were gonnae rob it. Mebbe ye'd guise yersel up, like, and hae a wee keek roond the bank tae see whit guairds there wis, and cameras, and aw that kind o thing, sae that ye could plan oot how tae dae aw yer pauchlin withoot gettin huckled or malkied.

Violet wis wan o the guid yins, sae she wisnae plannin tae rob ony banks, but she *wis* plannin tae rescue Sunny, and she'd howped tae get a wee swatch at the touer room whaur her sister had been sneckit awa, sae as tae mak it easier tae plan the hale thing oot. But it looked like she wisnae gonnae be able tae tak a shooftie efter aw. Sae she felt gey nervous aboot it aw as she sat on the flair aside the windae, wirkin on her invention as quiet as a moose.

There wisnae awfie muckle in the room for Violet tae dae her inventin wi, and she didnae want tae gang traipsin roond the hoose lookin for mair stuff in case Coont Olaf and his cronies sussed her oot. But she'd enough tae pit thegither a rescuin device. There wis a sturdy metal rod ower the windae that the curtains had been hingin fae, and Violet pulled it doon. Wi yin o the rocks Olaf had left in a pile in the corner, she broke the curtain rod intae twa haufs. Then she twistit each hauf o the rod intae hunners o shairp angles, leavin tottie wee cuts on her haunds as she did it. Efter thon, Violet took doon the pentin o the ee. On the back o the pentin, jist like on the back o maist pentins, there wis a wee bit o wire tae hing aff the hook. She stripped the wire aff and used it tae fankle thegither the twa bits o curtain rod. Noo Violet had made whit looked for aw the warld like a muckle metal speeder.

Next she went ower tae the cairdboard box and howked oot aw the maist mingin claes that Mrs. Poe had got them, the stuff that the Baudelaire orphans jist widnae be seen deid in, nae maitter how bad things were. Wirkin quietly and quickly, she stairtit tae teir them aw intae lang, narrae strips, and tae tie thon strips thegither. Violet wis haundy wi a guid mony things, and tyin knots wis jist wan o them. The knot she wis usin the noo wis cawed the Deil's Tongue. A wheen o wumman pirates frae Finland had came up wi it back in the fifteenth century, and cawed it the Deil's Tongue cause it twistit this wey and that, in an awfie fantoosh and oorie wey. The Deil's Tongue wis a gey haundy knot tae ken, and as Violet tied the clootie strips thegither, wan end tae the next, it made a kind o rope. As she wirked awa, she mindit somethin her maw and da had said tae her when Klaus wis born, and then again when they'd brocht Sunny hame fae the maternity. "You're the auldest o the Baudelaire bairns," they'd said, kindly but firmly. "And as the auldest, it'll aye be up tae you tae look efter yer wee brither and sister. Promise us that ye'll aye tak tent o them, and mak shair they dinnae get intae ony bather." Violet mindit thon promise, and thocht o Klaus, whase sair jaw wis still ridd, and Sunny, hingin frae thon touer's tap like a flag, and stairtit wirkin faster. Even though it wis Coont Olaf, ye ken, that wis the instigator o aw this dule, Violet felt like she had broken her promise tae her maw and da, and she swore tae set it richt.

In the end up, efter usin maist o the mingin claes, Violet had a rope that wis, she howped, jist aboot thirty feet lang. She tied yin end o it tae the metal speeder, and looked at her haundi-wirk. Whit she had made wis cawed a grapplin hook, which is somethin ye use for sclimmin up the sides o waws, usually when ye're up tae nae guid. Usin the metal end tae cleek ontae some-thin at the tap o the touer, and the rope tae help her climb, Violet howped tae get tae the tap o the touer, untie Sunny's cage, and climb back doon. This, ye ken, wis an awfie risky plan, no jist cause it wis that dangerous, but cause she'd pit the grapplin hook thegither hersel, raither than buyin it oot o whitever kind o shop sells grapplin hooks. But a grapplin hook wis aw Violet could think o tae mak withoot a proper wirkshop for inventin, and time wis rinnin oot. She hadnae telt Klaus aboot her plan, cause she didnae want tae get his howps up, sae withoot wakin him, she gaithert up her grapplin hook and tippy-taed oot the room.

Wance she wis ootside, Violet realised that her plan wis even hairder than she'd thocht it wid be. The nicht wis wheesht, and that meant she'd hiv tae mak jist aboot nae noise at aw. Forby, there wis a wee bit breeze, and when she imagined hersel swingin in thon breeze, clingin tae a rope made oot o mingin claes, she near enough gied the hale thing up awthegither. And the nicht wis black as pitmirk, sae it wis haird tae see whaur she could fling the grapplin hook and hae the metal airms cleek ontae somethin. But, staunin there chitterin in her nichtie, Violet kent she had tae gie it a shot. Wi her richt haund, she wheecht the grapplin hook as high and haird as she could, and waitit tae see if it wid cleek ontae somethin.

Clang! The hook made a lood noise as it stoatit aff the touer, but it didnae cleek tae onythin, and came crashin back doon. Her hert stoondin,

Violet stuid stock-still, wunnerin if Coont Olaf
or yin o his cronies wid come oot tae see whit wis
gaun on. But efter a couple o meenits naebody
came, and Violet, birlin the hook ower her heid
like a lasso, gied it anither shot.

Clang! Clang! The grapplin hook scudded aff
the touer twice as it boonced back doon tae the
grund. Violet waitit again, luggin oot for fitsteps,
but aw she could hear wis the stoond o her ain
fair-fleggit pulse. She decidit tae try again.

Clang! The grapplin hook skelped against the
touer and fell doon again, landin haird on
Violet's shooder. Ane o the airms tore her nichtie
and cut intae her skin. Bitin doon on her haund
tae keep hersel fae greetin, Violet felt the place
on her shooder whaur she'd been clattered, and
it wis wet wi bluid. Her airm wis gowpin sair.

Noo, if it'd been me insteid o Violet, I'd hae
totally packed it in by noo, but jist as she wis
aboot tae turn roond and gang ben the hoose,
she thocht o how feart Sunny must be and,
takkin nae tent at aw o the stingin in her shooder,

Violet used her richt haund tae fling the hook wan mair time.

Cla— The usual *clang!* noise stapped haufwey through, and Violet saw in the mirkie licht o the muin that the hook wisnae fawin. Tentily, she gied the rope a guid pull, and it steyed up. The grapplin hook had wirked!

Her feet touchin the side o the stane touer and her haunds hingin ontae the rope, Violet shut her een and stairtit tae climb. Ower feart tae look doon, she pulled hersel up the touer, yin haund ower the ither, aw the while mindin o her promise tae her maw and da and the awfie things Coont Olaf wid dae if his scunnersome ploy came aff. The evenin wind blew hairder and hairder as she sclimmed higher and higher, and time or twa Violet had tae stap deid as the rope joogled aboot in the wind. She wis shair as shair can be that the clootie wid rip, or the hook wid skite, and Violet wid tak a heider straicht tae her deith. But thanks tae her knacketie inventin skills – the wird "knacketie" here means "skilful" – awthin wirked exactly how it wis meant tae wirk, and aw o a sudden Violet fund hersel touchin a piece o metal raither than a clootie rope. She opened her een and saw her sister Sunny, wha wis lookin aw frantic at her and tryin tae say somethin through the strip o tape ower her mooth. Violet had wun tae the verra tap o the touer, richt at the windae whaur Sunny wis fankled.

The auldest Baudelaire orphan wis aboot tae grab her sister's cage and stairt shimmyin doon when she saw somethin that made her freeze. It wis the speedery end o the grapplin hook, which efter hauf-a-dizzen tries had finally cleekit on tae somethin on the touer. Violet had thocht, when climbin, that it had fund some neuk in the stane, or the windae-sill, or mebbe a bit o furniture ben the touer room, and haudit there. But that wisnae whit the hook had cleekit on tae. Violet's grapplin hook had cleekit ontae anither hook. It wis yin o the hooks on the hook-haundit mannie. And his ither hook, Violet saw, wis glentin in the muinlicht as it reached richt taewards her.

Eleven

"Awfie guid o ye tae drap in," the hook-haundit mannie said, like butter widnae melt. Straicht awa Violet tried tae scurry back doon the rope, but Coont Olaf's crony wis ower quick for her. In a wanner he heezed her up intae the touer room and, wi a flick o his hook, sent her rescue device clangin tae the grund. Noo Violet wis as much a prisoner as her sister. "I'm that gled tae see ye," the hook-haundit mannie said. "I wis

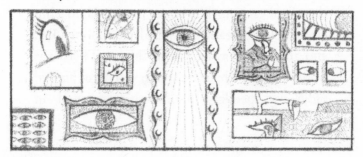

jist stairtin tae miss the sicht o yer bonnie wee face. Plank yer bahookie."

"Whit are ye gonnae dae wi me?" Violet asked.

"I said *plank yer bahookie*!" the hook-haundit mannie gurled, and pushed her intae a chair.

Violet looked aroond the mirkie, mauckit room. Ye'll hae noticed yersel, I bet, that whit's in somebody's room aften tells ye a wee bittie aboot whit's in their heid. Likesay, in ma ain room, I've got thegither a load o wee bits and bobs that are gey important tae me, includin a stoorie auld melodeon that I ken some dowie sangs fur, a muckle midden o notes aboot the ongauns o the Baudelaire orphans, and a blurry photie, taen lang syne, o a wumman by the nemme o Beatrice. These are things that mean the warld tae me. The touer room wis hoachin wi stuff that meant the warld tae Coont Olaf, and they were awfie, awfie things. There wis orrals o paper whaur he'd scrieved doon his evil ploys in speedery haundwritin, papped in heelster-gowdie piles on tap o the copy o *Nuptial Law for Numpties* that he'd taen aff Klaus. There wis a couple o chairs and a haundfu o caunles that were giein aff flickerin shaddaes. Skailed aw ower the flair were empty wine bottles and clattie dishes. But maist o aw there were drawins and pentins and etchins o een, muckle and tottie, aw ower the shop. There wis een pentit on the ceilins, and scartit intae the mankie widden flairs. There wis een scribbled alang the windae-sill, and wan muckle ee pentit on the haundle o the door that led tae the stairs. It wis enough tae gie onybody the boke.

The hook-haundit mannie footered aboot in the pootch o his creashie jaiket and pulled oot a walkie-talkie. Efter a wee bit o a fankle, he pressed a button and waitit a meenit. "Gaffer, it's masel," he said. "Yer bonnie bride jist sclimmed up here tae try and rescue the bitin brat." He paused as Coont Olaf said somethin. "I dinnae ken. Some kind o rope, I think."

"It wis a grapplin hook," Violet said, and she

tore the sleeve aff her nichtie tae mak a bandage for her shooder. "I made it masel."

"She says it wis a grapplin hook," the hook-haundit mannie said intae the walkie-talkie. "I dinnae ken, gaffer. Aye, gaffer. Aye, gaffer, I *ken* she's aw yours. Awricht, gaffer." He pressed a button tae cut aff the line, and then turned roond tae face Violet. "Coont Olaf isnae at aw happy wi his wee wifie."

"I'm no his wifie," Violet said dourly.

"Weel, it'll no be lang," the hook-haundit mannie said, waggin his hook the wey maist fowk wid wag a fingir. "But noo I've tae awa get yer brither. The three o yese are gettin sneckit up in here until the nicht. That wey, Coont Olaf willnae hiv tae fash himsel aboot whit yese are gettin up tae." Wi that, the hook-haundit mannie stormed oot o the room. Violet heard the lock sneck ahint him, and then listened tae his fitsteps dwynin awa doon the stairs. Straicht awa she went ower tae Sunny, and pit her haund on her wee heid. Feart tae unfankle or untape her sister in case she nettled – a wird which here means "annoyed" – Coont Olaf, Violet stroked Sunny's hair and murmled tae her that everythin wis awricht.

But o coorse everythin *wisnae* awricht. Everythin wis aw wrang. As the first licht o skybrek trinkled intae the touer room, Violet thocht aboot aw the awfie things she and her siblins had been through lately. Their parents had dee'd, gruesomely and oot o naewhaur. Mrs. Poe had bocht them mingin claes. They had flittit tae Coont Olaf's hoose, and been treatit like somethin ye'd scrape aff yer shoe. Mr. Poe hadnae wantit tae gie them ony hauners. They had fund oot aboot a shady ploy tae dae wi mairryin Violet and pauchlin the Baudelaire fortune. Klaus had tried tae staun up tae Olaf wi aw the stuff he'd lairnt fae Judge Strauss's library, but it hadnae wirked. Puir Sunny had been huckled. And noo, Violet had tried tae rescue Sunny and had endit up gettin huckled hersel. Aw in aw, it'd jist been wan bad turn efter anither for the Baudelaires, and Violet fund their situation totally lamentable, a phrase which here means "no very guid at aw".

The soond o fitsteps comin up the stairs snapped Violet oot o her dwaum, and afore lang the hook-haundit mannie opened the door and oxtered intae the room a wabbit, dumfoonert, and awfie feart Klaus.

"There's the last orphan," the hook-haundit mannie said. "Noo I've tae awa help Coont Olaf settin up for the grand performance the nicht. Nae cairry-on, youse twa, or I've tae tie yese up and hing youse oot the windae as weel." Shootin them baith a dirty look, he sneckit the door again and stramped awa doonstairs.

Klaus blinked and looked aroond the mankie room. He wis still in his jammies. "Whit's the crack noo?" he asked Violet. "Whit hiv they pit us up here for?"

"I tried tae rescue Sunny," Violet said, "I used wan o ma inventions tae sclim up the touer."

Klaus went ower tae the windae and looked

doon at the grund. "It's awfie high," he said. "Ye must hae been gey feart."

"It wis awfie scary," she admittit, "but no as scary as the thocht o mairryin Coont Olaf."

"I'm sorry yer invention didnae wirk," Klaus said, aw dowie.

"The invention wirked a treat," Violet said, rubbin her sair shooder. "I got caught, is aw. And noo oor tea's oot. The hook-haundit mannie said he'd keep us here till the nicht, and then it's *The Wunnerfu Waddin*."

"Dae ye think you could invent somethin that'd get us oot o here?" Klaus asked, lookin aroond the room.

"Mebbe," Violet said. "And how's aboot you haein a wee rake through aw thae books and bits o paper? Mebbe there's some information in there that could help us."

For the next wee while, Violet and Klaus howked through the room and through their ain heids, tryin tae find onythin that micht help them. Violet looked for bits and bobs she could use for inventin. Klaus read through Coont Olaf's papers and books. Wance in a while, they'd gang ower tae Sunny and smile at her, and pat her heid, jist tae let her ken it wis awricht. Noo and then Violet and Klaus wid say somethin tae each ither, but maist o the time they jist haudit their wheesht, lost in their ain thochts.

"If we'd ony kerosene," Violet said, roond aboot dennertime, "I could mak Molotov cocktails oot o these bottles."

"Whit are Molotov cocktails?" Klaus asked.

"They're wee bombs ye mak oot o bottles," Violet telt him. "We could hoy them oot the windae and try and get some punters tae tak tent o us."

"Too bad we hivnae ony kerosene," Klaus said, aw dulesome.

They were wheesht again for a guid few oors.

"If we were polygamists," Klaus said, "Coont Olaf's mairriage plan widnae wirk."

"Whit's a polygamist?" Violet asked.

"Polygamists are fowk that mairry mair than yin person," Klaus telt her. "Hereaboots, ye're no allooed tae mairry mair than yin person, even if ye dae get mairrit in front o a judge, wi the ither person sayin 'I dae' and the signed document in their ain haund. I read it richt here in *Nuptial Law for Numpties*."

"Too bad we're no polygamists," Violet said, aw dulesome.

They were wheesht again for *anither* few oors.

"We could tan these bottles in hauf," Violet said, "and use them as chibs, but I dout Coont Olaf's cronies wid gie us a doin."

"Ye could say 'I dinnae' insteid o 'I dae'," Klaus said, "but I dout Coont Olaf wid tell them tae fling Sunny aff the touer."

"Ye're no wrang," Coont Olaf said, and the bairns jumped. They'd been that wrapped up in their wee blether that they hadnae heard him come up the stairs and open the door. He wis aw duin up in a fantoosh suit and his ee-broo had been waxed till it wis as shiny as his een.

Ahint him wis the hook-haundit mannie, wha smiled and waved a hook at the bairns. "C'mon then, orphans," Coont Olaf said. "We're aboot ready tae kick-aff. Ma big pal here's gonnae bide in the touer, whaur I can get tae him on ma walkie-talkie. And if *onythin* gangs wrang durin the performance the nicht, yer sister will be heidin for a lang faw. Richt then, on yese come."

Violet and Klaus looked at each ither, and then at Sunny, still hingin in her cage, and follaed Coont Olaf oot the door. As Klaus walked doon the touer stairs, he felt a sinkin feelin in his hert as aw the howp ran oot o him. It really looked as if there wis nae wey oot o the guddle they were in. Violet wis feelin the same wey, until she reached oot wi her richt haund tae glaum ontae the banister, for balance. She stared doon at her richt haund for a mintie, and she stairtit tae think. Aw the wey doon the stairs, and oot the door, and on the wee daunder doon the street tae the theatre, Violet thocht and thocht and thocht, hairder than she ever had in her hale life.

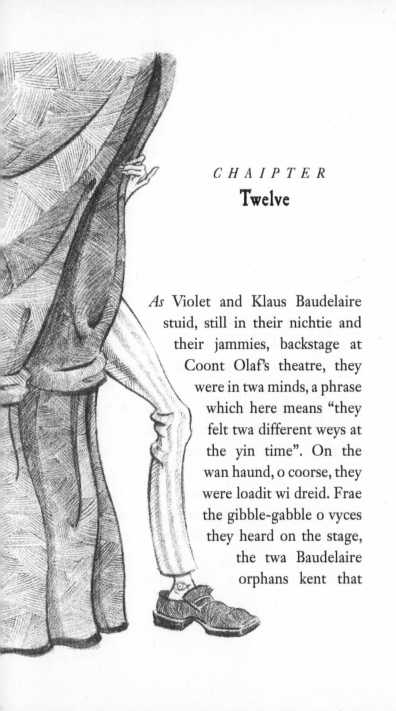

As Violet and Klaus Baudelaire
stuid, still in their nichtie and
their jammies, backstage at
Coont Olaf's theatre, they
were in twa minds, a phrase
which here means "they
felt twa different weys at
the yin time". On the
wan haund, o coorse, they
were loadit wi dreid. Frae
the gibble-gabble o vyces
they heard on the stage,
the twa Baudelaire
orphans kent that

the performance o *The Wunnerfu Waddin* had stairtit, and it felt like there wis nae chance noo o them bein able tae foil Coont Olaf's ploy. But on the ither haund, they were aw taen up wi whit wis gaun on, cause they'd never been back-stage at a theatre performance afore noo, and it wis a richt carfuffle. Fowk fae Coont Olaf's theatre troupe breenged back and forrit, ower thrang even tae gie the bairns a second look. Three wee fellas were cairryin a muckle flat bit o widd, pentit tae look like a livin room. The twa white-faced wimmen were sortin flooers in a vase that frae a distance looked like marble, but up close wis mair like cairdboard. A kenspeckle-lookin loon wi warts aw ower his coupon wis footerin aboot wi some awfie muckle licht fixtures. As the bairns keeked onstage, they could see Coont Olaf, in his fantoosh suit, gien it big licks wi some lines fae the play, jist as the curtain came doon, controlled by a wumman wi gey short hair wha wis pullin on a lang rope, attached tae a pulley. For aw that they were feart, ye ken, the twa aulder Baudelaires were richt interestit in whit wis gaun on, and they anely wished that they wirnae involved in it.

As the curtain fell, Coont Olaf stramped affstage and looked at the bairns. "That's the end o Act Twa! How are the bairns no in their costumes yet?" he hissed at the twa white-faced wimmen. Then, as the audience burst intae applause, his face went fae anger tae joy, and he walked back onstage. Gesturin tae the short-haired wumman tae heeze the curtain, he swaggered oot tae the exact middle o the stage and stairtit showin aff wi aw these big fancy bows as the curtain came up. He waved and blew kisses tae the audience as the curtain came doon, and then his face went like thunner again. "There's anely a ten meenit brek," he said, "and then the bairns are on. Get thae costumes on them, pronto!"

Withoot a wird the twa white-faced wimmen grabbed Violet and Klaus by the airms and pulled them intae a dressin room. The room wis stoorie but shiny, hoachin wi keekin-glesses and tottie lichts sae's the actors could see better tae pit on their make-up and wigs, and there wis fowk shoutin oot tae each ither and laughin as they chynged their claes. Wan white-faced wumman yanked Violet's airms up and pulled her nichtie up ower her heid, then haundit her a clattie, lacy white dress tae fling on. Klaus, meanwhile, had his jammies pulled aff him by the ither white-faced wumman, and wis wheecht richt intae a blue sailor suit that wis itchy as onythin and made him look like a wee bairn.

"Is this no awfie excitin?" said a vyce, and the bairns turnt roond tae see Judge Strauss, aw buskit up in her judge's robe and poodered wig. She wis haudin ontae a wee book. "Youse wee yins look pure stoatin!"

"Same tae yersel," said Klaus. "Whit's wi the book?"

"Och, these are ma lines," Judge Strauss said. "Coont Olaf telt me tae bring a law book and tae read the hale actual waddin ceremony, jist tae mak the play seem mair realistic. Aw *you* hiv tae say, Violet, is 'I dae', but I've got tae mak a muckle big speech. It's gonnae be guid crack, I'm tellin ye."

"Ye ken whit wid be guid crack," Violet said tentily, "if ye chynged yer lines aroond, jist a bittie."

Klaus's face lit up. "Aye, Judge Strauss. Gie it laldy. Ye dinnae hiv tae stick tae the actual wirds. It's no like it's a real waddin."

Judge Strauss frooned. "I dinnae ken aboot that, ma bairns," she said. "I think it'd be best if I jist stick tae whit Coont Olaf telt me tae dae. End o the day, he's the wan in chairge."

"Judge Strauss!" a vyce cawed. "Judge Strauss! Make-up is waitin on ye!"

"Michty me! And I get tae pit on make-up forby!" Fae the dwaumy look on her face, ye'd hae thocht Judge Strauss wis awa tae be crooned as queen, raither than jist gettin some pooders and creams plastered aw ower her coupon. "I'll need tae gang, bairns. See yese onstage, ma wee doos!"

Judge Strauss ran aff, leavin the bairns tae

feenish chyngin intae their costumes. Wan o the white-faced wimmen planked a flooered heid-dress on Violet, wha realised in horror that the goonie she'd chynged intae wis a waddin dress. The ither wumman pit a sailor's bunnet on Klaus, wha goved intae wan o the keekin-glesses, hairdly able tae credit how hackit he looked. His een met thon o Violet, wha wis starin intae the keekin-gless as weel.

"Whit will we dae?" Klaus said saftly. "Kid on we're no weel? Mebbe they'd caw the hale thing aff."

"Coont Olaf wid ken whit we were up tae," Violet replied dowily.

"Act Three o *The Wunnerfu Waddin* by Al Foncoot is aboot tae stairt!" a gadgie wi a clip-board shoutit. "Places, awbody! Get in yer places for Act Three!"

The actors breenged oot o the room, and the white-faced wimmen huckled the bairns and hustled them oot efter them. The backstage area wis a pure rammy – a word which here means "actors and stagehaunds rinnin aboot sortin awthin oot at the last meenit." The baldie chiel wi the lang neb hurried past the bairns, then stapped himsel, looked at Violet in her waddin dress, and smirled.

"Nae cairry-on fae youse twa," he said tae them, wagglin a baney fingir, "Wance yese are oot there, mind, yese dae exactly whit ye've been telt. Coont Olaf will hae his walkie-talkie on him the hale time, and if yese set even *wan fit* oot o place, he'll be giein Sunny a wee wake-up caw she'll no forget."

"Aye, awricht, awricht, chynge the record, eh," said Klaus soorly. He wis seek fed-up o hearin the same threit in the same wey, ower and ower and ower.

"Ye'd better dae whit ye've been telt," the man said again.

"Coorse they will," said a vyce aw o a sudden, and the children turnt tae see Mr. Poe, dressed up tae the nines wi his wife staunin next tae him. He smiled at the bairns and came ower tae shak their haunds. "Polly and masel jist wantit tae tell yese tae brek a leg."

"Ye *whit*?" Klaus said, turnin awfie peely-wally.

"It's a theatre term," Mr. Poe telt him, "it jist means 'guid luck for the performance the nicht'. I'm awfie gled youse bairns hiv got used tae bidin wi yer new faither and are daein things as a faimily."

"Mr. Poe," Klaus said quickly, "Violet and masel hae got somethin tae tell ye. It's awfie important."

"Whit is it?" Mr. Poe said.

"Aye," said Coont Olaf, "whit is it ye've got tae tell Mr. Poe, ma bairns?"

Coont Olaf had appeared, as if fae naewhaur, and his shiny een shot daggers at the bairns. In wan haund, Violet and Klaus saw, he wis haudin a walkie-talkie.

"Jist that we're richt gratefu for awthin ye've duin for us, Mr. Poe," Klaus said, aw wersh. "Thon's aw we wantit tae tell ye."

"Nae wirries, nae wirries at aw," Mr. Poe said, pattin him on the back. "Weel, Polly and masel had better get back tae oor seats. Brek a leg, Baudelaires!"

"I wish we *could* brek a leg," Klaus whuspert tae Violet, and Mr. Poe left.

"Weel, whit's for ye will no gang by ye," Coont Olaf, oxterin the twa bairns oot ontae the stage. Ither actors were millin aboot, findin their places for Act Three, and Judge Strauss wis aff in a corner, practicin her lines fae the law book. Klaus took a swatch aroond the stage, wunnerin if there wis onybody that could help. The baldie chiel wi the lang neb grabbed Klaus by the haund and dragged him aff tae wan side.

"You and me will bide richt *here* for the duration. That means the hale thing."

"I *ken* whit the wird 'duration' means," Klaus said.

"Nae muckin aboot," the baldie chiel said. Klaus watched his sister in her waddin dress tak her place next tae Coont Olaf as the curtain went up. He listened tae the applause fae the audience as Act Three o *The Wunnerfu Waddin* began.

It'd mak nae odds tae ye at aw if I telt ye whit happens in this gowpit – the wird "gowpit" here means "borin and glaikit" – play by Al Foncoot, cause it wis a honkin play and it disnae maitter tae oor story wan bit. A hantle o actors and actresses stoatit aw ower the stage talkin a load o mince, while Klaus tried tae make ee contact wi them and see if they wid help. He soon sussed oot that the play must hae been picked jist as an excuse for Olaf's evil ploy, and no for its entertainment value, cause he could tell the audience were gettin a bit scunnered and were fidgetin aboot in their seats. Klaus looked oot intae the audience tae see if ony o them had clocked that somethin wisnae quite richt, but the wey the wart-faced loon had fixed up the lichts stapped Klaus fae seein the faces in the auditorium, and he could anely mak oot the dim ootlines o the fowk in the audience. Coont Olaf had hunners o muckle lang speeches tae gie, and it wis a cairry-on and a hauf as he gied them, yappin and girnin and wavin his airms aboot. Naebody seemed tae notice that he had a walkie-talkie in his haund the hale time.

Finally, Judge Strauss stairtit speakin, and Klaus saw that she wis readin straicht frae the legal book. Her een were skinklin and her face wis beamin as she gied her first ever onstage performance, ower taen up wi the thing tae realise she wis pairt o Olaf's ploy. She havered on and on aboot Olaf and Violet lookin efter each ither in seekness and in health, in guid times and bad, and aw thae ither things that get said tae aw the fowk that decide, for whitever reason, tae get mairrit.

Wance she'd feenisht her speech, Judge Strauss turnt tae Coont Olaf and asked, "Dae you tak this wumman tae be yer lawfully waddit wifie?"

"I dae," Coont Olaf said, smilin. Klaus saw Violet shidder.

"And dae *you*," Judge Strauss said, turnin tae Violet, "tak this man tae be yer lawfully waddit husband?"

"I dae," Violet said. Klaus clenched his nieves. His sister had said "I dae" in front o a judge. Wance she signed the official document, the waddin wid be legally valid. And noo, Klaus could see that Judge Strauss wis takkin the document fae ane o the ither actors and haudin it oot for Violet tae sign.

"Jist you bide whaur ye are," the baldie chiel gurled at Klaus, and Klaus thocht o puir Sunny, hingin fae the tap o thon touer, and he stuid still as he watched Violet tak a lang quill pen fae Coont Olaf. Violet's een were like saucers as she looked doon at the document, and her face wis peely-wally, and her left haund wis tremmlin as she signed her nemme.

"And noo, loons and quines," Coont Olaf said, steppin forrit tae speak tae the audience, "I've a wee annooncement tae mak. We're jist gonnae patch the rest o the nicht's performance, noo that we've duin whit we were here tae dae. Whit ye've seen up here wisnae jist for kid-on. Ma mairriage tae Violet Baudelaire is guid and legal, and noo I'm in control o her hale fortune."

There were gasps fae the audience, and some o the actors looked at each ither in shock. No awbody, it seemed, had kent aboot Olaf's ploy. "That cannae be richt!" Judge Strauss cried.

"The mairrage laws aroond here are gey simple," Coont Olaf said. "The bride has tae say 'I dae' in front o a judge, sic as yersel, and sign an official document. And aw o youse" – here Coont Olaf pyntit oot intae the audience – "are witnesses."

"But Violet's anely a bairn!" wan o the actors said. "She's no auld enough tae get mairrit."

"She is if her legal guairdian says she is," Coont Olaf said, "and as weel as bein her husband, I'm her legal guairdian intae the bargain."

"But thon bit o paper isnae an official document!" Judge Strauss said. "Thon's jist a stage prop!"

Coont Olaf took the paper frae Violet's haund and gied it tae Judge Strauss. "Hae a guid wee swatch, noo. I think ye'll find it's an official document fae City Haw."

Judge Strauss took the document aff Olaf and read it quickly. Then, shuttin her een, she siched gey deep and gaithered her broos, thinkin haird. Klaus watched her and wunnert if thon wis the face Judge Strauss had on whenever she wis wirkin at the High Coort. "Ye're richt," she said, finally, tae Coont Olaf, "sin though it is, this mairriage is halely legal. Violet said 'I dae,' and pit her nemme tae this bit o paper. Coont Olaf, you are Violet's husband, and that means her fortune is yer ain tae dae whit ye want wi."

"Aye, that'll be richt!" said a vyce frae the audience, and Klaus kent it as the vyce o Mr. Poe. He beltit up the stairs ontae the stage and glaumed the document aff Judge Strauss. "That's the height o nonsense, that."

"Height o nonsense or no, it's the law," Judge Strauss said. Her een were brimmin wi tears. "I cannae believe I fell for it that easy," she said. "I'd never dae onythin tae hairm youse bairns. *Never.*"

"Ye *did* faw for it awfie easy, eh," Coont Olaf

said, grinnin, and the judge stairtit tae greet. "It wis a total skoosh, pauchlin this fortune. Noo, if it's aw the same tae yersels, me and ma bride will get awa hame for oor waddin nicht."

"First let Sunny gang!" Klaus burst oot. "Ye said ye'd let her gang!"

"Whaur is Sunny?" Mr. Poe asked.

"She's in a bit o a fankle the noo," Coont Olaf said, "if ye ken whit I mean." His een shined as he pressed the buttons on his walkie-talkie, and he waitit until the hook-haundit mannie answered. "Hullo, hullo? Aye, o coorse it's me, ya numpty. Awthin's came aff accordin tae plan. Gonnae tak Sunny doon oot the cage and bring her ower tae the theatre? Klaus and Sunny hiv got some jobs tae dae afore they get tae bed." Coont Olaf gied Klaus a clattie look. "Ye happy noo?" he asked.

"Aye," Klaus said saftly. He wisnae happy at aw, ye ken, but at least his wee sister wisnae hingin oot o a touer windae ony mair.

"Dinnae you think ye're aff the hook," the

baldie chiel whuspert tae Klaus. "Coont Olaf will sort oot you and yer sisters efter. He's jist no wantin tae dae it in front o aw these fowk." He didnae hiv tae tell Klaus whit he meant by the phrase "sort oot".

"Weel, I'm no happy wi this *at aw*," Mr. Poe said. "It's a pure sin. It's a ridd neck. It's an aw-time tap-drawer *total* scunneration."

"Mebbes aye, and mebbes naw," Coont Olaf said, "but it's guid and legal, aw the same. The morra, Mr. Poe, I'll be doon at the bank tae tak oot the hale Baudelaire fortune."

Mr. Poe opened his mooth as if tae say somethin, but he stairtit hoastin insteid. For a guid wee meenit, he hoastit intae a hankie while awbody waitit for him tae speak. "Ye can forget it," Mr. Poe finally steched, dichtin his mooth. "Nae danger am I haundin ower thon money."

"Like it or lump it, ye're gonnae hiv tae," Coont Olaf replied.

"I—I cannae believe I'm sayin this, but Olaf

is richt," Judge Strauss said, through her tears. "This mairriage is legally bindin."

"Aw, it is, aye?" Violet said, aw o sudden. "Ye *quite* shair aboot that?"

Awbody turnt tae look at the auldest Baudelaire orphan.

"Whit wis that, Coontess?" Olaf asked.

"I'm *no* yer coontess," Violet said carnaptiously, a wird which here means "in an awfie annoyed vyce." "Leastweys, I dinnae *think* I am."

"And how dae ye wirk that yin oot, then?" Coont Olaf said.

"I never signed thon document in ma ain haund, like the law says I hiv tae," Violet said.

"Whit are ye haverin aboot? We aw watched ye!" Coont Olaf's ee-broo wis stairtin tae lift up in anger.

"I wish thon wisnae the wey o it, hen, but the mannie's richt," Judge Strauss said, aw dowie. "There's nae pynt kiddin yersel. Aw these fowk saw ye sign it."

"Like maist fowk," Violet said, "I'm richt-haundit. But I signed thon document wi ma left haund."

"Ye *whit*?" Coont Olaf cried. He grabbed the paper aff Judge Strauss and looked doon at it. His een were shinin awfie bricht. "Thon's naethin but a pack o *lies*!" he hissed at Violet.

"Naw, it's no," Klaus said, aw excitit, "I mind masel, noo, cause I watched her left haund tremmlin as she signed her nemme."

"Weel, ye cannae prove it," Coont Olaf said.

"If it'd mak ye happy," Violet said, "I can sign ma nemme again on anither bit o paper, wi ma richt haund and then wi ma left. Then we can see whit wan looks the maist like the signature on thon document."

"Weel, wha cares whit haund ye used tae sign it wi?" Coont Olaf said. "It maks nae odds wan wey or the ither."

"If it's awricht wi yersel, chiefie," Mr. Poe said, "I'd raither Judge Strauss wis the wan wha decidit that."

Awbody looked at Judge Strauss, wha wis dichtin awa the last o her tears. "Gie's a wee meenit," she said saftly, and she shut her een again. She siched deep, and the Baudelaire orphans, and awbody that cared aboot them, haudit their breith as Judge Strauss gaithered her broos, turnin the situation ower in her heid. Finally, she smiled. "If Violet really is richt-haundit," she said tentily, "and she signed the document wi her left haund, then it follaes that the signature disnae match whit's needit by the nuptial laws. The law says, plain as parritch, that the document has tae be signed in the bride's *ain haund*. And sae, there's nae dout at aw that this mairriage isnae legal or valid. Violet, ye *arenae* a coontess, and Coont Olaf, ye *arenae* in chairge o the Baudelaire fortune."

"Ya dancer!" shoutit a vyce frae the crood, and some fowk stairtit tae clap. Unless ye're a lawyer yersel, ye'll mebbe think it's a bit unco that Coont Olaf's ploy wis dinged doon by Violet signin wi her left haund insteid o her richt. But the law is an unco thing. Likesay, there's wan country in Europe whaur the law says every baker has tae sell their breid at the exact same price. There's this island whaur there's a law that naebody is alloued tae tak ony o their fruit awa wi them. And there's a toon jist up the road fae whaur you bide that has a law sayin I'm no alloued tae come within five miles o the place. If Violet had signed the mairriage contract wi her richt haund, the law wid hae makkit her a miserable coontess, but cause she signed it wi her left haund she steyed, and she wis gled tae stey, a miserable orphan.

Whit wis guid news tae Violet and her siblins, ken, wis bad news tae Coont Olaf. But for aw that, he gied awbody a dour smile. "If thon's the wey o it," he said tae Violet, pressin a button on his walkie-talkie, "either ye'll mairry me again, and dae it richt this time, or I'll – "

"Haudybus!" Sunny's weel-kent vyce rang oot ower Coont Olaf's as she stottered onstage taewards her siblins. The hook-haundit mannie follaed ahint her, his walkie-talkie bizzin and cracklin. Coont Olaf wis ower late.

"Sunny! Ye're awricht!" Klaus cried, and he bosied her. Violet breenged ower and the twa aulder Baudelaires fussed ower the youngest yin.

"Somebody gonnae bring her a wee bite tae eat?" Violet said. "She must be stairvin efter hingin oot thon touer windae aw nicht."

"Cake!" Sunny skirled.

"*Argh!*" Coont Olaf raired. He stairtit pacin back and forrit like an animal in its cage, stappin anely tae pynt a fingir at Violet. "Ye're mebbe no ma wife," he said, "but ye're still ma dochter, and— "

"Dae ye honestly think," Mr. Poe said, crabbit, "that efter aw the sleekit cairry-on I've seen the nicht, I'm jist gonnae leave these three bairns bidin in your hoose?"

"Thae orphans are mine," Coont Olaf said, "and they're steyin wi me. There's nae law against tryin tae mairry somebody."

"But there *is* a law against hingin a wean oot a touer windae," Judge Strauss said carnaptiously. "It's the jyle for you, Coont Olaf, and the three bairns will stey wi me."

"Get him liftit!" a vyce cried oot frae the audience, and ither fowk stairtit shoutin an aw.

"Fling him in jyle!"

"He's a rank bad yin, him!"

"And gie us oor money back! That play wis honkin!"

Mr. Poe took Coont Olaf's airm, and efter a wee burst o hoasts, annoonced in a dour vyce, "I hereby huckle ye in the nemme o the law."

"Och, Judge Strauss!" Violet said. "Did ye really mean whit ye jist said? Can we honestly come and bide wi ye?"

"In a hertbeat, lass," Judge Strauss said. "I'm awfie fond o youse bairns, and I feel responsible for lookin efter yese."

"Can we use yer library every day?" Klaus asked.

"Can we wirk in the gairden?" Violet asked.

"Cake!" Sunny skirled again, and awbody laughed.

Afore ye get yer howps up, I'm gonnae hiv tae stick ma oar in and gie ye wan last warnin. Like I says tae ye richt at the stairt, the book ye're haudin in yer haunds disnae hae a happy endin. Ye're mebbe thinkin that here's Coont Olaf awa tae the jyle and the three Baudelaire bairns are gaun tae live happily ever efter wi Judge Strauss, but thon's no the wey o it at aw. If ye want tae, ye can shut the book richt this meenit and forget aw aboot the unhappy endin that's tae come. For the rest o yer life ye can cut aboot thinkin that the Baudelaires gied Coont Olaf a gubbin and lived the rest o their lives in the hoose and library o Judge Strauss, but thon's jist no the wey this story pans oot. Ye see, while awbody wis pure endin themsels at Sunny skirlin efter cake, the kenspeckle-lookin loon wi aw the warts on his face wis creepin ower taewards the controls tae aw the lichts in the theatre.

In the blink o an ee, the loon flicked the main

switch sae that aw the lichts went aff and awbody wis left staunin in the dairk. Afore ye kent it, there wis a muckle stramash as awbody stairtit breengin aw ower the place, shoutin at each ither. Actors fell ower fowk fae the audience. Fowk fae the audience fell ower stage props. Mr. Poe huckled his wife, thinkin it wis Coont Olaf. Klaus grabbed Sunny and liftit her up awa ower his heid, whaur she widnae get hurt. But Violet kent richt awa whit the crack wis, and she made her wey tentily tae whaur she mindit that the lichts had been. When the play wis gettin pit on, Violet had been watchin the licht controls like a hawk, takkin notes in her heid jist in case thon whigmaleeries gied her ony ideas for some inventions. She wis shair that if she could find the switch she could turn it back on. Haudin her airms oot in front o her as if she wis blind, Violet picked her wey across the stage, steppin tentily aroond bits o furniture and fleggit actors. In the pitch-black, Violet looked like a ghaist, her white waddin dress driftin slowly ower the stage. Then, jist as she'd got tae the switch, Violet felt a haund on her shooder. A dairk shape leaned in tae whusper in her lug.

"I'll get ma haunds on thon siller if it's the last thing I dae," the vyce hissed, "And when I've got it, I'll kill you and yer siblins wi ma ain twa haunds."

Violet gied oot a wee pleep o terror, but she flicked the switch on. The hale theatre wis drooned wi licht. Awbody blinked and looked aroond. Mr. Poe let gang o his wife. Klaus pit Sunny back doon. But naebody wis touchin Violet's shooder. Coont Olaf wis awa.

"Whaur did he gang?" Mr. Poe shoutit. "Whaur did they *aw* gang?"

The Baudelaire bairns looked roond and saw that it wisnae jist Coont Olaf that had skedaddled, but aw his cronies – the wart-faced loon, the hook-haundit mannie, the baldie chiel wi the lang neb, the muckle yin that didnae look like a man or a wumman, and the twa white-faced wimmen – had shot the craw as weel.

"They must hae boltit ootside," Klaus said, "while it wis still dairk."

Mr. Poe led the wey ootside, and Judge Strauss and the bairns went efter him. Faur awa doon the street, they could see a lang black motor drivin awa intae the nicht. Mebbe it had in it Coont Olaf and his cronies. Mebbe it didnae. But either wey, it turnt the corner and meltit awa intae the dairk city as the bairns watched withoot a wird.

"In the nemme o the wee man," Mr. Poe said. "They're awa. But dinnae fash, bairns, they'll no get faur. I'm awa tae phone the polis richt this meenit."

Violet, Klaus, and Sunny looked at each ither and kent it wisnae as easy as Mr. Poe wis makkin oot. Coont Olaf wid mak shair and stey richt oot their road while he came up wi his next ploy. He wis ower clever by hauf tae get huckled by the likes o Mr. Poe.

"Weel, let's gang hame, bairns," Judge Strauss said. "We can wirry aboot aw this in the mornin, wance I've sortit yese a guid brekfast."

Mr. Poe hoastit. "Haud on a wee," he said, lookin doon at the flair. "I hate tae be the wan tae tell yese this, bairns, but I cannae let ye bide wi somebody that's no relatit tae yese."

"Whit?" Violet cried. "Efter awthin Judge Strauss has duin for us?"

"We'd never hae sussed oot Coont Olaf's plan withoot her and her library," Klaus said. "If it wisnae for Judge Strauss, we'd be deid as doughnuts."

"That's as mebbe," Mr. Poe said, "and I'm fair gled that Judge Strauss wis lookin oot for yese, but it's richt there in black and white in yer parents' will. Ye've tae be taen in by a relative. The nicht, ye'll bide wi me in ma hoose, and the morn I'll gang intae the bank and wirk oot whit tae dae wi yese. I'm awfie, awfie sorry, but thon's jist the wey it is."

The young yins looked at Judge Strauss, wha gied a deep sich and bosied each o the Baudelaire bairns wan efter the ither. "Mr. Poe is richt," she said, aw dowie. "He has tae gang alang wi whit yer parents wantit for yese. Youse want tae dae whit yer parents wantit, bairns, am I richt?"

Violet, Klaus, and Sunny thocht o their luvin parents, and wished mair than ever that the fire had never happened. Never in aw their days had they felt sae alane. They wantit awfie badly tae bide wi this kind and blythesome wumman, but they kent that it jist wisnae tae be. "I dout ye're richt, Judge Strauss," Violet said finally. "But we'll miss ye awfie muckle."

"I'll miss youse awfie muckle as weel," she said, and her een brimmed wi tears wance mair. Then they each gied Judge Strauss wan last bosie, and follaed Mr. and Mrs. Poe tae their motor. The Baudelaire orphans piled intae the backseat, and keeked oot the back windae at Judge Strauss, wha wis greetin as she waved tae them. Aheid o them were the dairkened streets, whaur Coont Olaf had jouked awa tae plan mair ill-daeins. Ahint them wis the kind judge, wha had taen sic an interest in the three bairns. Tae Violet, Klaus, and Sunny, it seemed as if Mr.

Poe and the law had made the wrang chyce in takkin them awa frae the chance o a happy life wi Judge Strauss and taewards an unkent fate wi some unkent relative. They didnae unnerstaun it, but like ower mony o life's scunnersome events, jist cause ye dinnae unnerstaun it disnae mean it's no true. The Baudelaires cooried up thegither against the cauld nicht air, and kept wavin oot the back windae. The motor drove faurer and faurer awa, until Judge Strauss wis jist a speck in the dairkness, and it seemed tae the bairns that they were heidit in a malagrugrous – the wird "malagrugrous" here means "awfie, awfie wrang, and shair tae end in tears" – direction.

LEMONY SNICKET wis born in a wee clachan whaur the fowk were gey suspicious and liable tae gang their dingers. He bides in the city noo. When he's no ower thrang, he gaithers evidence and is thocht o as kind o an expert by the high-heid-yins.

BRETT HELQUIST was born in Ganado, Arizona, grew up in Orem, Utah, and bides noo in New York City. He got his bachelor's degree in fine airts frae Brigham Young University and has been illustratin sin syne. His airt has been in a guid hantle o furthsettins, includin *Cricket* magazine and *The New York Times*.

THOMAS CLARK is a scriever and translator frae Glesga, Scotland. He bides in the Scottish Borders the noo, but. His ither books for bairns include *Peppa's Bonnie Unicorn* and the *Diary o a Wimpy Wean* series.